KB219911

행운의 초록 빛깔 하트,

당신에게 선사합니다.

.... 님께

.... 드림

바다와 마음

바다는 우리 마음과 닮은 데가 많습니다.

바다도 넓고 우리 마음도 넓습니다.

바다도 서로 닿아 있고 우리 마음도 모두에게 닿아 있습니다.

바다는 배를 띄우고 우리는 마음 위에 삶을 띄웁니다.

바다도 잔잔할 때와 폭풍 칠 때가 있고

우리의 삶도 잔잔할 때와 폭풍 칠 때가 있습니다.

바다가 자신 안에 고기와 해초를 키우듯

우리 마음도 그 안에 사랑과 희망을 키웁니다.

바다에 밀물과 썰물이 있듯이

우리 마음에도 늘 무언가가 밀려왔다가 쓸려나갑니다.

바다도 모든 것을 받아들여 삭이고

우리 마음도 모든 것을 받아들이고 결국은 삭여냅니다.

바다에 배가 지나가면서 길을 낼 때

우리 마음에도 누군가가 지나가면서 길을 만듭니다.

글 / 정용철

저마다 있는 힘껏 노래합니다.
"6월엔 꼭 행복해야 해"
샛노랗게, 보란듯이
(표지 사진 : 딜)

2006.6

정확한 가사는 떠오르지 않지만, 나무는 아무리 님이 그리워도 님에게 갈 수 없어 혼자 꽃 피우고 혼자 운다는 노래를 들은 적이 있다. 외로운 사람은 외로움에게 위로를 받는다는 말을 들은 적도 있다. 얼마 전 누군가를 너무나 사랑했지만, 사랑하는 사람이 그의 사랑을 거부해 마음에 상처를 입은 후배에게서 전화가 왔다. 상처 입은 영혼. 사랑을 하고 싶지

마음속에 심는 갈매나무

만 사랑을 이룰 수 없는 사람에겐 계절에 상관없이 언제나 겨울이다. 그의 영혼은 추위에 바들바들 떤다. 추위에 떠는 그 영혼을 위해 나는 그날 하루를 비우기로 했다. 그 마음속에 굳은 나무 한 그루 심어주기 위해.

사랑은, 남녀 간의 사랑은 사랑 중에서도 가장 보편적이면서 가장 어렵다. 그 사랑은 뜨

님이 그리워도 님에게로 갈 수 없어 외로운 나무는 그렇게
'살아 있어서 외로운' 사람들을 위로한다.
나무는 너무나 외롭기 때문에 외로운 사람들을 위로할 수 있는 것이다.

거울 때는 그 어떤 사랑보다 뜨겁다가도 식을 때는 또 뜨거울 때 못지않게 급속도로 차가워진다. 그러니, 식어버린 사랑 앞에서 사람들은 하염없이 몸을 치떠는 것이다.

나는 후배에게 나무를 말했다. 지금 눈을 들어 창밖의 나무를 보라고. 창밖에 나무가 보이지 않으면 밖으로 나가라고. 가서 차라리 나무를 붙잡고 울어버리라고. 나무는 아무리 바람이 불어도, 뜨거운 태양이 내리쪼여도 그 자리에 꼼짝 않고 서서 잎을 피우고 가지를 벌린다. 바람이 불면 바람에 흔들리고 비가 오면 비를 맞는다. 네 마음에도 그런 나무 한 그루 심으라고.

영혼을 뒤흔드는 사랑, 그 사랑이 썰물처럼 빠져나가는 수난. 그렇다. 그것은 인생이 입을 수 있는 수난의 한 종류다. 그러면서 인생은 흘러가는 것이다. 상처 입으면서. 그렇지만 어쩌겠는가. 상처 입어가면서 살아야 하는 것을. 나무처럼. 상처 입으면 처음에는 아플 것이다. 그러나 그 누구도 살아가는 동안 일어나는 상처들을 거부할 수는 없다. 시간이 가면 상처는 아물 것이다. 때로는 지울 수 없는 흔적을 남긴 채. 그것이 자연이다. 상처를 자연스럽게 받아들이는 것. 사랑의 실패도 인생에서 일어날 수 있는 무수한 일들 중의 하나로 받아들이는 것. 다시 한 번 말하노니, 어쩌겠는가. 그것이 산다는 것인데.

시골에 살 때, 아름다운 자연풍광과는 상관없이 나 또한 사람으로부터 마음의 상처를 입은 적이 있다. 상처가 너무 아파서 나는 도대체 어찌해야 할 바를 모르는 나날을 보내고 있었다. 내게 상처 준 사람이 떠오르면, 나는 마치 불에 덴 사람처럼 머리가 온통 화끈거리고 숨을 제대로 쉴 수 없을 지경까지 되었다. 내게 상처 준 사람을 미워하는 내 마음이 내 몸에 상처를 입히고 있다는 사실을 나는 나중에야 알았다. 몸이 힘들어서라도 나는 어떡하든 상처를 아물게 하는 방법을 찾아야만 했다. 그것이 나무 심기였다. 나는 묘목장에 가서 내 주머니 사정이 허락하는 대로 많은 나무를 샀다. 나는 '미친 듯이' 땅을 파고 나무를

심었다. 나무는 땅에 심긴 그 순간부터 외로워 보였다. 사람이 옮겨 주지 않는 한 나무는 이제 한평생을 심긴 그곳에 제 스스로 뿌리를 내리고 제 스스로 살아남아야 한다. 바람에 파르르 떠는 나무. 가냘픈 어린 나무. 그 여린 생명을 심어놓고 나는 하염없이 울었다. 내 안에 심긴 어떤 나무 하나를 생각하면서.

나무 곁에 가면 사람들은 누구나 마음이 행복해진다. 시인 백석은 눈 오는 남신의주 유동마을에서 '그 드물다는 굳고 정한 갈매나무'를 생각하면서 외로움을 달랬다. 김남주 시인의 미망인은 '빈들에 나무'를 심고 또 심으며 시인의 부재(不在)를 견디었다. 그렇게 시인의 부인은 나무를 심으며 자연을 닮아갔다. 사람이 자연을 닮아 가면, 외롭지 않은 게 아니라, 외로움을 견뎌낼 수 있는 힘이 생기는 것이다.

님이 그리워도 님에게로 갈 수 없어 외로운 나무는 그렇게 '살아 있어서 외로운' 사람들을 위로한다. 나무는 너무나 외롭기 때문에 외로운 사람들을 위로할 수 있는 것이다.

그러하니, 내 외로움은 또 누군가에게 위로가 될 수 있을 것이다. 외로움을 잘 견뎌내는 사람만이 또 다른 누군가에게 힘이 되어줄 수 있을 것이다. 그러자면 먼저 외로움을 받아들이자. 외로우면 외로워해버리자. 나무가 더위와 추위, 바람과 비를 고스란히 그냥 맞아버리듯이 내게 다가온 그 어떤 종류의 수난도 일단은 받아들이고 나면 그때부터 마음속에, 백석 시인의 '그 굳고 정한 갈매나무' 한 그루가 자라날 것이다. **공선옥 님** 소설가

9

두고 가는 마음에게.

- 제주 도동동. 오애순.

어려서는 손 붙들고 있어야 따신 줄을 알았는데
이제는 곁에 없어도 당신 계실 줄을 압니다.

이제는 내게도 아랫목이 있어,
당신 생각만으로도 온 마음이 데워지는 걸.
낮에도 달 떠있는 것 아는 듯이 살겠습니다.

그러니 가려거든 너울너울 가세요.
오십 년 만에 훌훌, 나를 내려두시고.

아까운 당신. 수고 많으셨습니다.
아꼬운 당신. 폭삭 속앗수다.

- 넷플릭스 시리즈 〈폭싹 속았수다〉

맞절

민들레꽃 노랗게 피어 뜨락이 환한 날 신부님 두 분이 산방을 찾아오셨습니다. 가슴에 안고 온 하얀 시클라멘 화분을 내려놓으시며 신부님은 절을 하겠다고 하셨습니다. 얼떨결에 나는 신부님 두 분과 차례차례 맞절을 했습니다. 그런데 절을 하고 나니 기분이 참 좋았습니다. 나는 신부님께도 절을 했지만 신부님 안에 계시는 하느님께도 절을 한 거라고 생각했습니다.

어릴 때 아버지는 손님이 오시면 나를 꼭 불러다 절을 시키셨습니다. 그러고는 "이분이 너의 재당숙이시다. 경기도 어디에 사시고 아버지와는 어떤 관계다." 그런 말씀을 해주셨습니다. 손님이 집에 오시면 으레 절을 하는 게 당연한 인사법이라고 생각했습니다.

주거양식과 집안 구조가 달라지고 삶의 방식이 변하면서 언제부터인가 절하는 문화가 사라지기 시작했습니다. 명절이나 영정사진 앞에서가 아니면 생활 속에서는 절을 하는 경우가 거의 없습니다. 사찰에서는 아직도 백팔 배, 삼천 배를 하지만 일상생활 속에서는 악수나 목례로 대신합니다.

나와 같은 지역에서 일하는 권 아무개 시인이 지난해 오대산 월정사에 단기출가를 했을 때의 일입니다. 처음 만난 사람들끼리 서로 마주 보며 백팔 배를 하게 되었답니다. 한참 절을 하고 있는데 앞에서 같이 맞절을 하던 처녀가 눈물을 흘리기 시작하더니 마침내 대성통곡을 하더랍니다. 나중에 운 이유를 물었더니 '앞에 있는 분은 대학 선생님이신데 내가 뭐라고 나 같은 사람에게 끝없이 절을 하는가' 하는 생각을 하니 눈물을 멈출 수가 없더랍니다.

절은 자신을 내세우지 않고 몸을 낮추며 상대방을 높이어 존중하는 예절입니다. 부부가 결혼할 때 서로에게 맞절을 합니다. 사인여천(事人如天). 서로를 하늘 같이 여기고 존중하며 살겠다는 약속입니다. 그러나 그렇게 절하는 마음을 곧 잊어버리고 사는 경우가 대부분입니다.

높고 귀한 분 앞에서 혼자 하는 절은 자신만을 낮추는 일이지만, 맞절은 서로를 높이는 행위입니다. 신부님과 맞절을 하고 난 뒤부터 집에 오시는 손님들과 맞절을 해야겠다는 생각이 들었습니다. 절하는 예절이 익숙하지 않고, 특히 여성들은 절하기가 쉽지 않아 어색한 사람도 많을 테지만, 할 수 있다면 절을 하면서 인사를 나누고 싶습니다. 나를 낮추어 겸손해지고 상대방을 공경하고 소중히 여기는 일 중에 맞절만 한 일이 없는 듯싶습니다.

나무에 평생을 걸다

나무의사 우종영 님

「가끔 아내에게 물어볼 때가 있다. "내가 처음 농사지을 때 말야. 남 키우는 것 안 심고 매일 이상한 것만 심었을 때 왜 안 말렸어?" 아내는 말한다. "당신이 하는 일이니 그냥 되나 보다 했어요." 그걸로 끝이다. 농사 망하고 십년간의 화원 일이 힘들었을 법도 한데 그 역시 별로 개의치 않는다는 투다. - 《나는 나무처럼 살고 싶다》 중에서」

이 책의 지은이 우종영 님(52세) 역시, 그의 아내처럼 실패한 꽃 농사에 개의치 않았다. 아니, 솔직히 털어놓자면 실패 앞에서 이렇게 살아서 무엇하나, 하는 생각을 한때 했었다. 하지만 그때 나무가 그를 잡아주었다. 한 번 뿌리내리면 평생 그 자리를 떠날 수 없는데도 불평하지 않은 채 최선을 다하는 나무가 그를 불렀던 것이다. "나도 사는데 넌 왜 생명을 포기하려고 하는 거니?" 라고. 그로부터 26년이 흐른 지금, 그의 이름 앞에는 나무박사, 나무의사, 숲 여행가 등 나무와 관련된 많은 수식어가 붙어 있다. 나무들의 수호천사 우종영 님을 서울 종묘에서 만나 보았다.

약속 장소를 종묘로 정하신 이유가 있으세요?

서울에 있는 숲 중에서 제일 자연스럽게 예뻐요. 더불어 있는 창경궁만 해도 계획적으로 다듬어진 숲인데, 종묘는 나무들이 건물들을 포옹하듯 둘러싸면서 제법 근사한 초록숲을 이루고 있거든요. 그 나무들이 만들어낸 자연스런 공간이 참 예쁜 곳이라 알려주고 싶었어요.

언제부터 나무에 관심을 갖게 되셨어요?

사실 난 중학생 때까지 천문학자가 되고 싶었어요. 어렸을 때 산을 타고 다니면서 신문배달을 했거든요. 어느 날인가 밤에 산 타고 배달하다가 무서워서 냅다 뛴다는 게 그만 넘어지고 말았어요. 벌러덩 누워 있자니, 하늘에 별이 총총. 그게 뭔지 알고 싶어서 천문학자가 되고 싶었는데 중3 무렵에 다 깨졌죠 뭐.

무슨 사연이 있을 것 같은데요?

내가 색약이라는 겁니다. 그때만 해도 색약은 이공계를 지원할 수가 없었어요. 거의 자포자기 심정으로 그때부터 공부를 안 했죠 뭐. 허허허. 고등학교를 갈 이유가 없어지니 계속 밖으로만 돌았어요. 어디 들어가서 일하다가 뛰쳐나오고, 또 다른 데를 기웃거리고. 그러던 중, 원예 농업 하는 곳을 가게 됐는데, 나무 키우고 꽃 키우는 일이 왜 그렇게 좋던지!

나무와의 인연이 그때 시작된 거네요?

그렇죠. 우연히 내 적성을 발견했다고나 할까. 동화책 《꽃을 피우는 아이 뚜뚜》처럼. 그 책을 보면 학교도 안 가고 아무데도 관심이 없던 뚜뚜를 아버지가 각 분야 전문가에게 보내 소견서를 받아오게 하거든요. 모든 분야에서 '재능 없음', '관심 없음' 이 나왔는데, 어느 날 정원사에게 보냈더니 '특별한 재능이 있음' 이라 쓰인 소견서를 가지고 온 거예요. 특별한 영감에 의해서라기보다는 우연한 발견. 나도 그런 식이었던 거죠.

그럼 나무 공부는 어떻게 하셨어요?

순전히 책 보고, 키워보고 하면서 공부했어요. 스승이 있다면 무수한 원예 관련 책들이겠죠. 사실, 원예 농장에서 1년 정도 있다 보니 공부를 해야겠다는 생각이 들어 야간 고등학교를 갔는데, 3개월 만에 그만두고 나왔어요. 나랑 아카데믹한 공부는 영 맞질 않더라고요. 학업은 거기까지였고, 나머지는 책 보고, 돌아다니고, 재배해보고, 채집하고, 나무들의 성장을 기록하면서 얻은 것들이죠.

언제 농장을 갖게 되신 거예요?

이게 또 사연이 길어요. 스무 살 무렵 군대에 갔어요. 제대 말년 마지막 유격훈련 야간 행군 중에 속초를 지나갔는데, 그곳에 다시 가고 싶어 탈영을 했다 뭡니까. 탈영병으로 수감될 찰나, 행정병 동기가 웬 서류를 가져와서는 도장 찍을래, 영창 갈래 하는 거예요. 이게 뭐냐, 했더니 그 친구도 내용을 자세히 모르는 겁니다. 단지, 국가의 부름이라는 것 밖에는. 영창 가는 것보다는 나을 것 같아서, 도장 찍었죠 뭐.

그래서요?

그때가 한창 중동 건설 붐이 일어날 때였는데요. 정부에서 제대 병력을 가르쳐서 중동에 건설 기술자로 보내라, 하는 특명이 있었던 겁니다. 그 덕에 2년간 중동에서 일했고, 제법 돈을 모아 그 돈으로 내 농장을 처음 가질 수 있게 됐어요.

농장에선 어떤 걸 키우셨어요?

대부분 다른 농가에서는 재배하지 않는 꽃들과 나무들이었어요. 난 뭐 잘될 줄 알았죠. 우리 농장만의 독특함이었으니까. 근데 보통 꽃들을 키워 출하를 하려면 3년 정도가 걸리거든요. 3년 뒤 꿈에 부풀어 출하를 했더니만 시기가 딱, 1980년 봄인 겁니다. 정치적으로 시국이 워낙 어수선한 지라, 이거 어디 꽃을 사는 사람이 있어야죠. 쫄딱 망했어요.

힘드셨겠어요?

좌절감이 상당했어요. 이제 뭘 해야 하나, 내가 할 수 있는 일이 과연 있을까, 생각이 참 많았죠. 그 와중에도 내가 잘할 수 있는 일은 나무 관련 일이겠더라고요. 그래서 '푸른공간'이라는 조경관리 사무실을 냈어요. 쉽게 말하면 정원사 일이었죠.

그 일은 괜찮았나요?

1988년 올림픽을 앞두고 여기저기서 국토 개발을 하면서 나무들을 많이 심어놓았는데, 거의 모든 조경 회사들이 거기까지였지, 그것을 관리해주는 일을 하지 않았어요. 전화번호부에 조경관리업체라고 올렸더니 이제 관리가 필요해진 곳에서 나를 찾는 문의가 많이 왔어요. 드디어 안정적인 일을 하게 된 것이죠.

책도 많이 내셨던데요?

내 인생 이야기를 《나는 나무처럼 살고 싶다》에 써보았고, 조경관리를 시작하면서부터 전국 방방곡곡을 다니며 나무를 살폈는데, 그때의 도보여행을 신문에 연재하고 《게으른 산행》이라는 제목의 책으로도 냈습니다.

앞으로의 계획은 어떠세요?

5월 개업한 '푸른공간 나무종합병원'을 열심히 운영하면서 도시의 가로수들이 건강하게 자랄 수 있는 방법들을 찾을 것이고, 아픈 나무들을 치료할 겁니다. 무엇보다, 나무들이 아프기 전에 예방하는 일에 주력하려고 합니다. 나무병원은 100% 왕진으로 이루어집니다. 여기저기 다니면서 나무병을 예방하고 치료하고 돌봐야죠.

마지막으로, 어떤 바람이 있으세요?

옛말에 '상의'는 그 고을의 백성들을 병에 안 걸리게 하는 의사고, '중의'는 병을 낫게 해주는 사람, '하의'는 병을 악화시키는 사람이래요. 나무들에게 나는 중의 이상이 되고 싶어요. 나무 관련 상식도 많이 홍보할 겁니다.

나의 경력, 나의 감사

가족에게 감사하죠. 특히 아내요. 3개월 다닌 고등학교 시절 우연히 만나 중동에서 돌아온 직후 결혼했는데, 그 당시 처가에서 반대가 엄청 심했거든요. 그때부터 지금까지 아내는 내가 방황할 때마다 늘 옆에 있어주었고, 여기까지의 내 생활을 함께해준 동반자 아닙니까. 소중하죠. 요즘 아내는 한복 만드는 취미에 빠져 가끔 내 옷과 가방을 만들어 주기도 해요. 대학원에서 디지털 미디어를 공부하고 있는 딸 역시, 내 손발이 되어줍니다. 컴퓨터의 컴도 모르는 나를 위해 홈페이지를 관리해주고, 메일도 보내주고 그러거든요. 그래서 '3일 집에서 일하고 4일 돌아다닌다'라는 규칙을 정해서 그 3일간 만큼은 가족들과 재밌게 지내려고 노력합니다.

우리 이렇게 결혼했어요

운명처럼 만나 사랑하고 결혼했습니다.
행복하면서도 두렵습니다.
하지만 '진짜' 삶의 온갖 희로애락을 알아가겠지요.
나의 반쪽으로 인해 나는 다시 태어났으니까요.

담당 / 최기영 기자

산이 맺어준 남자와 여자

최정미 님 / 경남 통영시 동항리

1999. 4. 4
월출산에서···
그림 | 김효진

1999년 4월 4일 아침, 월출산으로 가는 산악회 버스에서 그의 옆자리에 앉았다. 인사를 건네자 그는 간밤에 얼굴이 가려진 신부와 신혼여행 떠나는 꿈을 꾸었는데, 버스가 출발하기 직전에 허겁지겁 뛰어오는 나를 보고는 깜짝 놀랐다고 했다. 그가 2년간 몸담고 있는 산악회에 혼자 온 아가씨는 내가 처음이었기 때문이다. 남자친구가 있었던 나는 사람 좋고 순해 보이는 그에게 내 친구들을 소개시켜주겠노라 약속했다.

나는 후미대장인 그와 함께 일행들 끄트머리에서 여유롭게 산에 올랐다. 쓰다 남은 필름이 든 카메라를 가져갔는데 몇 장 찍다 보니 필름 되감기는 소리가 들려왔다. 아뿔싸! 정상에서 찍어야 하는데···. 안타까워하는 내 표정을 읽었는지 그는 자기 배낭을 뒤졌다. "2년 동안이나 가방에 처박혀 있던 거라 제대로 찍힐지 모르겠습니다" 하면서 쑥스러운 듯 건네던 필름. 그 2년 묵은 필름 덕분에 정상에서 독사진은 물론 그와 나란히 선 포즈로 기념사진도 찍을 수 있었다.

4월의 휴일 고속도로는 상춘객들로 넘쳐났고 그런 까닭에 부산에 도착한 시각은 자정 무렵이었다. 일요일 하루를 온전히 그와 함께 보낸 셈이었다. 그것도 꼭 붙어서.

그날 이후 그는 내 친구들과의 산행에 친구들을 데려오기도 했고 가끔은 혼자 동행하곤 했다. 그는 맞선이 들어와도 거절하고 남자친구가 있는 내 주위를 끈질기게 맴돌았다. 그를 알게 된 지 1년쯤 지났을 무렵 그와는 무관하게 나는 남자친구와 헤어졌다.

직업 군인이라 자주 볼 수는 없었지만 2년 가까이 만나오던 어느 날, 그는 어렵사리 반지를 꺼내 놓았다.

"지금 당장은 결혼할 생각이 없다는 거 압니다. 나중에라도, 그게 10년 후가 되더라도 결혼할 마음이 생기면 그땐 제가 정미 씨의 결혼 상대이고 싶습니다. 지금 대답하지 말고 제가 출동 다녀오면 그때 얘기해주십시오."

다음 날 나는 그의 숙소로 반지를 돌려보냈고 며칠 뒤에 걸려온 그의 전화는 대성통곡 그 자체였다. 그렇게까지 우는 남자는 처음이었다. 나를 위해 이만큼 울어줄 남자가 또 있을까? 이처럼 나를 사랑하고 내 사랑을 간절히 원하는 남자를 다시 만날 수 있을까? 그를 등지고 먼 훗날 후회하지 않을 자신이 없었던 나는 결국 그를 받아들이기로 했다.

그 뒤 부모님 찾아뵙기와 상견례, 결혼까지 일사천리로 진행됐다. 지금 나는 통영의 자그마한 섬에서 해군의 아내로, 소중한 아기를 품은 예비엄마로 행복한 날들을 보내고 있다. 올해로 결혼 4년 차인 우리 부부는 요즘도 월출산 때문에 만났다는 둥, 그때 그곳이 아니었어도 언젠가는 만날 인연이었다는 둥, 꿈이 이루어졌다는 둥의 신소리들을 늘 어놓으며 처음의 그 설렘을 되새김질하곤 한다.

편지로 시작된 사랑

유인태 님 / 대구시 북구 서변동

군 입대를 앞두고 있을 때였다. 집 대문에 편지 한 통이 꽂혀 있었는데, 보낸 이는 여자고, 받는 이는 남동생이었다. 나는 호기심에 편지를 뜯어 보았다. 동생이 잡지 같은 데 나온 펜팔란에 참여한 모양이었다.

나는 동생 몰래 답장을 쓰면서 펜팔란에는 동생 이름으로 올렸지만 본명은 '인태' 라는 내용을 넣었다. 그리고 재미있는 이야기와 글씨를 참 잘 쓴다는 아부성 글을 띄웠다.

며칠 뒤 답장이 왔다. 물론 봉투에는 받는 이 '인태'라고 쓰여 있었다. 그 뒤로는 사흘이 멀다 하고 편지가 오고 갔다. 어느 날 동생이 "형아야, 내한테 편지 온 거 없나? 편지 올 때가 되었는데…"라는 것이었다. 좀 미안한 생각이 들었지만 "으응, 없드라. 무신 편진데?"라고 시치미를 뗐다. 그러는 동안 우리 사이는 한번 만날 것을 약속할 정도로 발전했다.

드디어 5월 햇살이 눈부시게 쏟아지던 날 그녀를 처음 만났다. 순간 우리는 반가움에 덥석 손을 잡고 말았다. 큰 키에 하늘거리는 원피스를 입고 나온 그녀는 너무도 예뻤다. 그날 하루를 함께 보내고 헤어지기 전 나는 곧 입대를 한다고 털어놓았다. 군에 가서도 열심히 편지 쓰겠노라고, 절대 잊지 말자고 약속하며 돌아오는 버스에 올랐다.

그녀의 눈가에 눈물이 비쳤다.

　논산 훈련소, 입소 1주일이 1년처럼 길게 느껴졌다. 2주째부터 편지를 써도 된다고 했다. 먼저 부모님께 편지를 쓰고 그녀에게도 잘 지내고 있으니 걱정하지 말라고 써서 보냈다. 1주일 뒤 그녀에게서 답장이 왔다. 그렇게 나의 군생활 34개월은 그녀가 보내주는 편지가 있고, 다시 만날 날을 기대할 수 있었기에 짧게만 느껴졌다. 제대할 때 나에게 온 편지는 라면 상자로 두 개가 넘었다. 나는 그녀의 편지를 내무반 벽보에 붙여놓고 전우들과 함께 보았다. 그녀의 편지는 먼저 전우들의 안부로 시작되었고 그 다음을 사랑하는 나에 대한 글로 채웠으며 마지막에는 다시 전우들의 건강을 함께 걱정해주는 것으로 마무리됐으니 전우들도 그녀에게서 편지가 오면 자기들 애인인양 희희낙락했다.

　제대 뒤에도 우리는 아름다운 내일을 설계하며 5년째 편지로 사랑을 키워나갔다. 말로 표현하기 힘든 것도 편지 속 글로는 나타낼 수 있었으니 우리의 사랑이 오래도록 지속될 수 있었던 게 아닐까 싶다.

　오늘은 27년을 함께한 아내에게 고맙다는 편지를 쓰려고 한다.

　"여보, 사랑해. 오래도록 함께하며 더욱 사랑하자."

인연

신영숙 님 / 인천시 남구 도화3동

　엄마는 무엇 때문인지 자주 아프서서 누워 계시는 날이 많았습니다. 그럴 때마다 아버지는 술을 드시고 와 자식들을 비롯해 엄마에게 모진 소리로 화풀이를 하셨습니다. 나중에서야 엄마가 오랫동안 고혈압으로 참 힘들게 사셨다는 것을 알았습니다.

　어느 날인가 엄마는 한밤중에 막걸리 한 주전자를 받아 오시더니 내 손을 잡고 어디에 가자고 하셨습니다. 영문도 모르고 따라간 곳은 외할머니 산소였는데, 그 자리에서 엄마는 서럽게 우셨습니다.

　그 뒤 엄마는 마흔을 조금 넘겨 돌아가셨습니다. 엄마를 보내고서야 엄마가 외할머니 산소에서 왜 그리 서럽게 우셨는지 아버지께 들을 수 있었습니다. 아버지는 총각 시절에 죽도록 사랑하는 여자와 헤어지고 할머니의 강압으로 엄마와 결혼했답니다. 엄마는 처녀 때 침을 잘못 맞아 한쪽 다리를 절었는데, 그 때문에 잘살던 외갓집이 땅을 해주며 엄마를 아버지에게 시집보낸 것이었습니다. 하지만 자식들 뒷바라지하며 아버지의 술값 때문에 가산을 탕진하고 그 땅까지 팔게 되자 엄마가 그렇게 외할머니 산소에 가서 목놓아 우셨던 것입니다.

아버지는 첫사랑에 실패해서 엄마에게 정다운 정을 주지 않고 마음고생만 시켜서 일찍 저 세상으로 갔다며 한숨을 쉬시는데 두 눈에 눈물이 가득 맺혀 있었습니다. 아버지 마음이 얼마나 아프고 아릴지 느껴지더군요.

남자는 혼자서 세상을 살 수 없다고 누가 그랬던가요. 동네 분이 아주머니 한 분을 아버지께 소개해 주셨는데 기막힌 일이 벌어졌지 뭐예요. 글쎄, 그분이 옛날 아버지 첫사랑이었던 것입니다. 그분은 일찍 남편과 사별하고 안 해본 것 없이 힘들게 살아오셨답니다. 돌고 도는 게 인생이라던가요. 몇 십 년이 흘러 첫사랑을 만난 두 분 모습이 아름다워 보였습니다.

아버지와 그분은 살림을 합쳐서 사시게 되었고, 우리 형제들은 아버지께 젊은 시절에 사랑하는 사람과 못 살아봤으니 이제 원 없이 행복하게 사시라고 말했습니다. 하늘나라에 계신 엄마도 아버지 혼자 시골에 사시는 것보다는 새엄마가 계셔 든든하다고 생각하실 것 같았습니다.

지금은 아버지와 새엄마도 모두 돌아가셨지만 살아계시는 동안은 알콩달콩 신혼부부처럼 지내셨으니 이보다 더 좋은 일이 어디 있겠습니까. 이제는 우리 형제들도 각자 예쁘게 가정을 꾸려 사랑하는 사람과 한평생을 함께한다는 것이 얼마나 행복하고 복 받은 일인가를 새삼 느끼며 살고 있습니다.

두 번의 결혼식

홍차연 님 / 대구시 북구 읍내동

남편과 사귈 때 시어머니 되실 분은 나를 참 예뻐하셨다. 하지만 오랜 지병으로 고생하시던 어머님은 얼마 뒤 돌아가셨다. 부모님이 없던 난 시어머니를 친어머니로 생각하며 함께 살고 싶었기에 너무도 슬펐다.

그렇게 어머님이 돌아가시니 친지 분들이 장지 나가기 전에 혼례를 올려야 된다고 해서 소복을 입은 채 물 한 그릇을 상 위에 두고 맞절만으로 결혼식을 치렀다. 드레스 입고 결혼식을 하고 싶었던 나는 참 속상했다. 하지만 양가 부모가 안 계시니 아무도 그런 내 마음을 몰랐고 관심도 없었다.

1980년대 초만 해도 경제가 나빠 해마다 구청에서 결혼식을 올려주는 행사를 했다. 사는 데만 급급할 뿐 여자의 마음을 헤아릴 줄 모르는 남편이 괘씸해서 나는 그 행사에 덜컥 신청을 하고 말았다. 그러고 나서 소식이 없기에 포기했는데 1년 만에 연락이 왔다. 그때는 벌써 임신한 지 8개월째였다. 이를 어쩌나 하는데 서류를 보니 한복으로 예식을 올린다는 것이다. 배부른 나를 하늘이 무심히 보시지 않았구나, 기뻐서 눈물이 다 날 정도였다.

비록 드레스는 못 입어보지만 구청에서 준 옷감으로 분홍색 한복을 맞춰 입고 화장도 곱게 하고 식장에 도착하니 많은 사람이 모여 있었다. 나처럼 배부른 사람은 아무도 없었다. 부모형제들만 조촐히 모시고 40여 쌍이 식을 올렸다.

줄지어 식장에 모두 섰는데 얼마가 지났을까. 아침도 거르고 남산만 한 배를 하고 서 있으려니 허리가 아프고 현기증이 일었다. 남편의 허리를 팔꿈치로 건드리며 아픈 시늉을 하니 남편은 조금 지나면 주례사가 끝날 걸 엄살이 심하다는 표정을 짓는 바람에 그만 주눅이 들어서 참을 수밖에 없었다. 남편은 안 그래도 바쁜데 괜히 신청해서 촌놈 만든다고 투덜거렸던 터라 나는 할말조차 아껴야 하는 상황이었다.

그런데 어느 순간 주변이 몽롱해지면서 나는 쓰러져 버렸다. 그 다음 웅성웅성 소리에 깨어났다. 그때도 주례는 계속되고 있어서 "청장님 살려 주이소"라고 소리치고 싶었다. 그러나 참는 자에게 복이 있다고 식이 끝나 점심시간이 됐다. 맛있는 음식을 배불리 먹으니 거짓말처럼 개운해졌다. 푸짐한 상품을 보니 더 즐거웠으리라. 어려운 시절 구청에서 준 주방용품은 정말 요긴한 선물이었다. 그것을 받아들고 모두 웃으며 헤어졌고 남편도 함박웃음을 보여줬다.

부모 없는 설움이 다 풀리고 이복형제들과 아웅다웅하던 아픔도 눈 녹듯 사라지는 것 같았다. 그날을 발판으로 지금 난 행복하게 살고 있다.

아이들의 엄마가 되어서 행복해요

김숙희 님 / 충북 청주시 모충동

"아빠 저 결혼할래요." 이북이 고향인 혈혈단신 우리 아빠. 엄마 없이 어린 딸 넷을 홀로 키우셨는데 서른일곱 노처녀, 둘째딸이 시집을 가겠다고 하니 얼마나 반가우셨을까. 그러나 어린 딸 셋에 홀어머니를 모시고 사는 상처한 사람이란 말에 아무 말씀이 없으셨다. 10년 넘게 나를 시집보내려고 노심초사하셨던 아빠는 속으로 울고 계셨다.

"아빠가 알긴 뭘 알아. 엄마 손잡고 다니는 애들이 이 세상에서 제일 부러웠단 말야. 그래서 이 아이들에게 내가 못 받은 정 다 주고 싶어. 일시적인 감정 아니야. 1년 넘게 생각했어. 아빠가 내 인생 대신 살아줄 거 아니잖아. 아빠가 반대해도 난 한다면 한다구." 그리고 집을 뛰쳐나왔다. 눈물이 걷잡을 수 없이 흘렀다. 또 아빠 가슴에 대못을 박았다. 다른 방법, 다른 좋은 말도 많았는데…. 며칠 뒤 그에게 아빠가 만나길 원한다고 말하고는 삼계탕 집에 데려가서 넙죽 절을 시켰다. 그리고 얼마 후 상견례를 했다. 아빠가 내게 져준 것이었다.

그런데 이번엔 주위의 시선이 굉장히 따가웠다. 당시 그는 3층짜리 원룸을 짓고 있었는데, 완공되면 팔아서 아파트로 이사 갈 예정이었다. 그러다 보니 주위에선 내가 빚이 많아서 그의 돈을 보고 산다는 둥, 내가 장애인이라는 둥 소문이 무성했다. 심지어는 나를 의심하는 형제들과 그가 싸우기도 했다.

나는 결혼하고 귀머거리로 4년을 살았다. 일요일마다 시댁에 가서 농사도 돕고 여러 번 되는 제사와 아이들 엄마 제사까지 꼼꼼히 챙겼다. 지금은 동서들도 무슨 일이 있으면 나와 의논하고 아주버님들은 나를 잘 챙겨주신다.

친구 같은 중학생 큰딸부터 6개월 된 아들까지 둔 나는 이 세상에서 제일 부자다. 저녁이 되면 아이들과 옥상에 올라가 하늘 보며 별이 된 아이들 엄마와도 대화하고 플라스틱 화분에 심어놓은 시금치 쑥갓에 물 주며 아이들 아빠를 기다리는 시간은 너무나 행복해서 죽어서도 가져가고 싶을 정도다. 우리 결혼을 허락해 주신 아빠에게 고맙고 딸 셋을 내게 준 아이들 엄마에게도 정말 고맙다.

[특집 예고]

 추억의 여행 일기 여행을 떠나면 일상의 속도는 느려지고 보폭은 넓어집니다. 그만큼 우리 마음에 여유가 생기는 것이지요. 그리고 함께하는 사람이 있다면 더 없이 따뜻한 추억이 될 것입니다.

7월에는 그런 여행의 추억을 이야기하려고 합니다. 여행에서 만난 사람, 울고 웃었던 사건, 새롭게 깨달은 사실, 여행에서 얻은 값진 지혜, 낯선 이에게 받은 고마운 선물…. 즐거웠던 여행은 함께 나누는 기쁨이 있고, 힘들고 고단했던 여행은 하소연을 할 수 있으니 그때의 기분을 훌훌 털어버리는 개운함이 있습니다.

일기장에 내 이야기를 적을 때는 비밀이 없습니다. 좋은생각이 그런 일기장이 되어드릴 테니 여행에서 만난 모든 이야기를 들려주세요.

원 고 량 200자 원고지 10장 (편지지 3장 정도, PC로 작성할 경우 A4 1장)
원고마감 5월 20일
보내실곳 서울 서대문우체국 사서함 100호 특집 담당자 앞 (우 : 120 - 600)
홈페이지 www.positive.co.kr (원고응모란) **팩스**

 생활문예대상 2006년 8월호는 창간 14주년 기념호입니다. 좋은님들과 이를 함께 기념하고자 제1회 「좋은생각」 '생활문예대상' 을 공모하고 있습니다.

일상에서 만난 아름다운 사람 이야기, 고난을 견디고 다시 일어선 따뜻한 희망 이야기, 나와 내 가족 그리고 이웃에게 일어난 울고 웃는 감동 이야기, 아름답고 밝은 세상을 실천해가고 있는 생활 속 꿈 이야기 등 소재에 제한이 없습니다.

심사를 거쳐 수상자를 8월호에 발표하며, 대상 100만 원(1명), 금상 50만 원(2명), 은상 30만 원(3명), 동상 10만 원(5명)의 상금을 드립니다.

※원고는 가명으로 실릴 수 있으니 이름, 주소, 연락처를 반드시 적어주십시오. 원고는 미발표작이어야 하며 보내주신 원고는 반환하지 않습니다. 또한 원고의 저작권은 「좋은생각」이 갖습니다.

원 고 량 200자 원고지 10장 (편지지 3장 정도, PC로 작성할 경우 A4 1장)
원고마감 6월 10일
보내실곳 서울 서대문우체국 사서함 100호 생활문예대상 담당자 앞 (우 : 120 - 600)
홈페이지 www.positive.co.kr '생활문예대상' 게시판 **팩스**

뻔히 드러난 거짓말

나는 세 아이의 엄마입니다. 이제 27개월인 막내는 눈에 넣어도 아프지 않을 만큼 귀엽고 사랑스럽습니다. 엄마 곁을 한시도 떠나지 않으려는 막내 때문에 출산 뒤 몸 관리를 제대로 하지 못했습니다. 그러다 보니 뱃살이 말로 표현할 수 없을 정도로 불어나 있었죠. 이 상태로 방치하면 안 되겠다 싶어 남편의 적극적인 협조 아래 운동을 시작했습니다. 남편은 막내와 매일 한두 시간씩 놀아주면서 내 뱃살빼기에 힘을 실어줘 무척 고마웠죠. 그런 남편의 성의에도 불구하고 내 허리둘레는 좀처럼 줄어들지 않았습니다. 그런데도 남편은 뻔한 거짓말을 입에 침도 바르지 않고 말하며 내게 용기를 주었습니다. "우리 마누라 땀 빼고 다니더니 개미허리 됐네. 그러다 툭 부러지겠어." 어이가 없었지만 남편의 따뜻한 마음이 느껴져 웃음이 나왔습니다. 날마다 "우리 마누라가 최고다"라며 응원해주는 남편이 있기에 나는 행복합니다.

김유지 님 / 전북 군산시 구암동

책상 앞에 앉으면 바로 잠이 쏟아지는 나른한 봄. 고3 수험생에게 봄은 너무 잔인했다. "내년 봄에는 너희도 벚꽃놀이 가는 거야. 그러기 위해서 지금은 열심히 공부해야 해. 알겠지?" 조회시간 선생님의 말씀을 들으니 힘이 솟았다. '그래! 내년엔 나도 대학생이야!' 대학 생활의 낭만을 꿈꾸며 열심히 공부했고 결국 나는 희망하던 대학교에 합격할 수 있었다. 고등학교 3년 동안 그렇게 꿈에 그리던 일이 이제 곧 현실이 되나 싶었다. 그러나 등록금이 너무 비싸 부모님께서는 입학을 반대하셨고 나는 어쩔 수 없이 전문대를 선택해야 했다. 전문대 등록금을 내고 집에 돌아와 가장 친한 친구에게 전화를 했다. "괜찮아?" "괜찮아! 나 거기 가서도 정말 열심히 공부할 거야. 편입도 하고, 그리고 또…." 갑자기 말문이 막히며 눈물이 쏟아졌다. 괜찮다고 했던 내 말이 무색할 만큼 나는 수화기를 붙잡고 계속 울었다. '괜찮다!' 이건 정말 거짓말이었다.

황선희 님 / 경북 구미시 공단동

* 위에 글이 실린 두 분께는 1일 묵상집 《생각의 향기》를 전해드립니다.

다음 달(7월) 주제는 '솔직한 고백으로 용서받은 일'입니다.
누구나 실수를 합니다. 자신의 잘못을 솔직히 고백하고 용서받은 경험을 적어서 5월 20일까지 우편이나 「좋은생각」 홈페이지 원고 응모 코너로 보내주십시오. **8월 주제는** '휴가지에서 본 정직하지 못한 사람들의 모습'입니다.(원고마감 6월 20일) 보내주신 모든 분께는 좋은생각에서 만든 《아하! 그렇구나》 한 권과 감사와 축하 카드, 봄 엽서, 책갈피, 스티커 등이 들어 있는 **'정직 꾸러미'**를 전해드립니다

'정직 꾸러미' 신청 : 서울 서대문 우체국 사서함 100호(우 : 120-600) '정직 꾸러미' 담당자 앞
팩스 :   홈페이지 : www.positive.co.kr

강산의 아름다움을 지키는 푸른 손

- 터 사랑회

초등학교 옆이라 그런지 우리 집으로 가는 골목엔 유난히 과자봉지가 많이 버려져 있다. 분필 토막도 며칠째 굴러다니더니 바로 집 앞까지 낙서투성이다. 꼬맹이들, 참 말썽이군, 하며 대문을 열고 들어섰는데 순간 빗자루가 눈에 들어온다. 곧 '터 사랑회'의 환경보호 활동들이 하나씩 떠오르며 그동안 집 앞 골목 한 번 쓸지 않았던 내가 새삼 부끄러워졌다.

얼마 전 경북 상주 함창읍에 있는 터 사랑회 회원들을 만나 이야기를 나눴다. 그들은 산과 강의 쓰레기를 치우고 환경 캠페인을 벌이는 등 자신들 삶의 터전인 상주의 아름다움을 지키기 위해 애쓰고 있었다.

"내가 살고 있는 고장에 대한 사랑에서 시작한 일이죠. 그런데 사람들이 점점 도시로 많이 떠나요. 우리 모임도 처음엔 마흔네 명으로 시작했는데 많이 줄었지요. 하지만 이곳이 아무리 옛 모습을 잃고 변해도, 산과 강은 여전히 우리를 품어준답니다."

터 사랑회를 처음 꾸린 황태하 님(54세)의 말이다. 그는 사람 수가 줄었다고 아쉬워하지만 현재 활동하는 스물아홉 명 가운데 스물다섯 명이 초창기 회원들이다. 다른 지역으로 이사 간 경우를 제외하고 모두가 모임

에 열성적으로 참여하고 있다. 이처럼 오랜 시간 동안 봉사할 수 있었던 비결은 무엇일까? 1994년 터 사랑회 창립 때, 그들은 '한 사람만 남더라도 계속하자'고 결의를 다졌다. 또 서로 형, 아우로 지내는 사이라 먼저 나서서 궂은일을 해나가며 함께했기 때문이라고 한다.

그들은 달마다 첫째주 일요일이면 반드시 아침 8시까지 모여 4시간 정도 청소를 하는데, 1994년부터 지금까지 무려 12년 동안 한 번도 거른 적이 없다. 그렇게 열심히 자연정화 활동을 펼친 공로로 2001년 경상북도에서 주는 환경상을 받기도 했다.

"태봉숲, 대조못, 하갈천, 신흥체육공원 등 인근 유원지부터 마을에 있는 낮은 산, 그리고 읍내 거리까지 모두 저희가 청소하는 곳들이에요. 쓰레기종량제가 시행되면서 사람들이 마을길 청소를 잘 안 해요. 쓰레기 처리가 곤란하니까요. 그래서 저희가 읍사무소의 협조를 받아 종종 청소하곤 합니다."

심명보 님(46세)이 이렇게 몇 군데 이름 있는 장소를 꼽아 설명했지만 임진덕 님(43세)이 가리키는 지도를 보니 상주시를 끼고 흐르는 하천과 근처의 산 가운데 이들의 손길

이 닿지 않는 곳이 없었다. 서울로 돌아오는 길에 잠시 들른 태봉숲과 신흥체육공원에 세워진 자연 보호 푯말 끝에도 어김없이 터 사랑회의 이름이 적혀 있었다. 특히 태봉숲에는 돌에 꽃을 그리는 일을 하는 권창희 님(49세)이 직접 새겼다는 비석도 있었다.

"저만 아니라 회원들 직업이 다들 다양해요. 건축일 하는 사람, 장사하는 사람, 공무원 등 모두 농사를 겸한 투잡(two-job)이죠. 이렇게 부지런한 사람들이라 봉사도 열심입니다."

신흥체육공원에 심긴 벚나무, 느티나무들이 무럭무럭 자라는 모습에서도 그들의 농부다운 성실함이 엿보였다. 1995년에 심은 묘목들이 이듬해 수해로 전부 물에 휩쓸려 가버리자 다시 심은 것이 이제 꽃을 피울 만큼 자란 것이다. 당시 시내가 잠기고, 다리가 떠내려갈 정도로 비가 많이 내려 터 사랑회 회원들이 1주일간 고생을 했다. 이렇게 수해가 나거나 폭설이 올 때도 터 사랑회 회원들이 출동해 지역 주민들을 돕는다.

"이 고장을 위해 몸으로 할 수 있는 일은 다 합니다. 김장철이면 회원들 각 가정에서 배추 열 포기씩 더 담아 독거노인들께 나눠 드리고, 4년 전부터는 형편이 어려운 분을 선별해 집을 고쳐주고 있어요. 5월에는 대조리에 사시는 김선실 할머니(78세)네 지붕을 수리하고 보일러를 교체했지요."

모임의 사무장인 임진덕 님 말처럼 터 사랑회는 환경모임일 뿐 아니라 고장을 위해 몸으로 뛰는 모임이다. 삶의 울타리가 되어주는 이웃들도 자연만큼 중요하기 때문이다. 터 사랑회는 해마다 1월 1일이면 지역 주민들을 오봉산으로 초대해 해맞이 행사를 한다. 올해가 네 번째였는데 회원들은 새벽 두 시부터 모여 간단한 음식을 준비하고 700명 가까이 되는 주민들을 맞았다.

휴가철이 다가오면 터 사랑회의 손길은 더욱 분주해진다. 유원지에 사람들이 몰릴수록 쓰레기 양도 늘기 때문이다. 이번 주말에도 많은 사람들이 자연을 찾아 집을 나설 것이다. 일상에 지친 마음의 찌든 때는 얼마든지 씻어버리더라도, 먹고 마신 쓰레기까지 버리지는 말자.

글 / 김선례 기자

문의 :

유월은

오세영

푸른 하늘이
종다리의 연인이듯,
맑은 호수가
꽃사슴의 연인이듯,
바람은
장미의 연인이다.
울안이 싫어
담을 타고 밖으로 밖으로만 싸고도는
넝쿨장미의
화낭기, 그
입술을 간질이는
샛바람.

6월 첫째주

생각 디딤돌

내게 기쁨을 주는 것들을 생각나는 대로 적어보세요. 하나하나 떠올리다 보면 사람, 사물, 자연 등 참으로 많은 대상으로부터 행복을 얻고 있음을 깨닫게 될 것입니다. 그리고 그 소중함도….

1 목요일

2 금요일

3 토요일

4 일요일

5 월요일 · 음 5.10

6 화요일 · 현충일

7 수요일

8 목요일

9 금요일

10 토요일

일	월	화	수	목	금	토
				1	2	3
4	5	6	7	8	9	10
11	12	13	14	15	16	17
18	19	20	21	22	23	24
25	26	27	28	29	30	

목요일

오늘의 만남

부모님 손을 놓고 돌아설 때에

정미경 님 소설가

멀다는 핑계, 밀린 원고 핑계를 대며 오래 찾지 못했던 고향집을 연휴 동안 혼자 다녀왔다. 명절이나 생신 때면 돈 몇 푼 송금하고는 전화로 안부를 묻는 걸로 넘어갔지만 마음마저 매끄럽게 넘어가지진 않았다. 그나마 자발적으로 나선 길도 아니었다. 언제 한번 들르겠다는, 변심한 애인 같은 모호한 인사를 전화기에 대고 늘어놓을 때면 "바쁜데 그럴 거 없다, 아이들이나 잘 챙겨라" 하시며 체면을 차리던 아버지가, 팔순의 경상도 남자인 아버지가 '미안하다, 보고 싶다'로 요약되는 내용의 전화를 하셨을 때 내가 무슨 먼 나라에 와 있는 망명객이라고 더 이상 훗날을 기약하겠는가. 고3 아들의 중간고사가 하루 남아 있었지만 집을 나섰다.

손바닥만 한 마당엔 파릇한 쪽파와 어린 상추와 깻잎이 예쁘게 자라고 있었다. 그것들을 보니, 전장으로 나가기 전 집의 간장 한 그릇을 부하에게 가져오라 하여 마셔보고는 별일 없구나, 말머리를 돌렸던 김유신 장군처럼 내 마음속에도 여전하구나, 하는 안도감이 먼저 들었다. 그러나 집 안으로 들어가서 이리저리 둘러보니 그게 아니었다. 체력과 지력이 현저히 떨어진 두 노인네의 삶은 아슬아슬했다. 팔십 년을 살아온 몸만 노쇠한 것이 아니라 집 전체가 같이 나이 들고 있었다. 지난해 보내드린 봄옷은 장롱 속에 넣어둔 채 잊어버리고는 오래 입어 후줄근한 점퍼 차림으로 마중을 나와 있는 아버지를 보고 툴툴거린 건 시작에 불과했다.

깜박 잊고 잿덩이처럼 태워버린 냄비를 발견했을 때도 가슴을 쓸어내렸지만 화장대 위에서 로션이라고 바른 화장품이 헤어로션이란 걸 발견했을 땐 차마 그 얘기를 할 수가 없어 바깥 쓰레기통에 슬그머니 갖다 버려야 했다. 사과를 먹다 반만 남은 벌레를 발견했을 때의 호들갑과는 비교할 수 없는 충격이었다. 화장품에 스티커를 붙이고 사인펜으로 로션, 스킨, 영양크림이라고 써서 1, 2, 3 번호까지 붙여놓았지만 집을 둘러보니 그건 빙산의 일각에 불과했다.

아버지, 엄마하고 다투지 마세요. 제발 택시 좀 타고 다니세요. 가스 불 켜놓고 마당에 나갈 땐 꼭 타이머를 목에 걸고 나가세요. 아이처럼 응, 응 대답하는 노인네를 두고 돌아서는데 '어머님의 손을 놓고 돌아설 때에 부엉새도 울었소. 나도 울었소' 라던 옛 노래가 문득 떠오르며 눈물이 왈칵 솟아올랐다.

어머니에게도 그리운 분이

팔순이 넘은 어머니가 우리 집에서 한 달간 머물다 "다음에 와도 이렇게 잘해줄 거냐? 또 오마"라는 말을 남기고 가셨습니다.

어머니는 다리가 불편하면서도 참기름과 내가 좋아하는 미역을 사들고 오셨지요. 그냥 오시라고 해도 돈만 생기면 무엇이든 사주고 싶다고 하십니다. 얼굴과 손등에 검버섯이 나서 보기 싫다는 어머니. 세수하실 때마다 손등에 로션을 발라드렸더니 막내딸이 최고라며 좋아하십니다.

아침마다 텔레비전 소리를 크게 틀어놓고 밥 먹고 출근하라며 나를 채근하십니다. 어머니의 작은 어깨에 몸을 기대고 뉴스를 보면서 뭉그적뭉그적 게으름을 피웠습니다. 그때 남한에 사는 99세 할머니가 북한의 79세 딸을 화상으로 상봉한다는 내용의 뉴스를 보다가 어머니에게 물었습니다.

"엄마가 만약 99세가 되신 외할머니를 만난다면 어떨 것 같아?"

"좋지야~. 나도 우리 엄니가 문득문득 보고 싶어!" 하며 목이 멘 목소리로 외할머니를 떠올리셨습니다. 배고픈 시절 길에서라도 자식의 친구들을 만나면 밥 먹고 가라, 밥 먹고 가라 그렇게 챙겨 먹이시고 중풍이 와서 한쪽 손을 못 쓰면서도 힘들게 사는 딸의 손에 돈을 꼭 쥐어주시던, 세상에서 둘도 없이 좋은 어머니였다고요.

지금 살아계시면 고운 색으로 옷 한 벌 지어드리고 싶다며 눈물을 보이시던 어머니. 왜 우리 어머니에게도 그리운 분이 있다는 생각을 못 했을까요?

이렇게 내 옆에 가까이 계실 때, 고운 옷도 사드리고 싶고, 맛있는 음식도 해드리고 싶고, 돈도 많이 드리고 싶은데 언제나 마음뿐 정작 해드린 것이 없습니다. 내가 어머니의 기쁨이 되고 자랑이 될 수 있기를 소망하고 기도할 뿐입니다. 어머니, 사랑합니다.

김숙희 님 / 광주시 북구 각화동

눈 맞춤이 사랑을 부른다

사랑은 서로 눈을 맞추면서 시작된다. 영국의 인식신경과학연구소에 따르면 아무리 매력적인 사람이라도 눈을 맞추지 않으면 뇌에서 어떤 반응도 일어나지 않는다고 한다. 독일의 인간행동학연구센터에서도 마음에 드는 사람을 만나면 좋아하는 감정을 표현하기 위해 눈을 자주 맞추려 한다고 밝혔다.

작은 씨앗

😊 웃음은 부작용 없는 진정제다. (아놀드 글래소우)

첫 독자

김도연 님 소설가

소설가가 되고 싶은데 도무지 소설가가 될 기미가 보이지 않던 날들이 있었다. 누님이 운영하던 카페도 IMF의 여파로 문을 닫자 결국 나는 강원도 첩첩산중에 있는 고향으로 돌아와야만 했다. 고향에서도 소설이란 걸 끼적거렸지만 그게 소설인지 더 이상 확신조차 서지 않았다. 새 천 년이 온다고 모두들 즐거워했지만 나는 술단지만 껴안은 채 조금씩 꿈을 접는 연습을 해야만 했다.

하루는 아버지와 함께 산에 잣을 따러 갔다. 아버지가 먼저 높은 잣나무에 올라가 잣을 떨어뜨리면 나는 그 밑에서 자루에 담았다. 깊은 산속에서 떨어지는 잣에 맞지 않으려 고심하고 있는 내가 한심스러웠다. 시간이 흐르자 역할을 바꿔 내가 잣나무에 올라가야 했다. 올라가기 싫었지만 어쩔 수 없었다. 장대에 연결한 낫을 들고 조심조심 잣나무에 올라갔다. 잣은 가느다란 우듬지까지 올라가야만 딸 수 있었다. 떨어지지 않으려 왼손으론 송진이 많은 나무줄기를 꽉 그러안은 채 장대를 잡은 오른쪽 손을 뻗어 잣을 따느라 진땀을 흘렸다. 소설가가 되고 싶은 열망도 잣나무 위에서만큼은 전혀 들지 않았다. 조금 신기했다.

하루는 정말 억수로 취해 밤길을 걸어 집으로 돌아가고 있었다. 가방 속에는 아무에게도 보여주지 못한 소설이 들어 있었다. 간절하게 보여주고 싶었지만 보여줄 수 없었던 소설이었다. 그래서 더 취했다. 골짜기 외딴 집에는 외등이 켜져 있었다. 잠을 자던 개가 내 귀가를 알고 반갑게 짖었다. 내 서러운 심정을 충분히 이해한다는 듯한 표정이었다. 외등 불빛 아래서 그 잡종 사냥개를 껴안고 어루만지다가 나는 아무에게도 보여주지 못했던 소설을 꺼내 읽어주었다. 애매한 부분은 설명까지 해가며. 개는 괴로운 듯 자꾸만 개집 속으로 도망쳤지만 난 다시 끌어냈다. 바깥의 소란스러움에 잠을 자다 나온 어머니는 그저 한심하다는 표정이었지만 나는 소설 읽어주기를 멈추지 않았다. 그날 밤 이후 개는 한동안 나와 눈을 마주치려고 하지 않았다. 늦은 밤 내가 취해 돌아오면 아예 집 밖으로 나오지 않았다.

그해 가을 어느 저녁 나는 술을 마시다가 당선통보를 받았다. 손에 든 술잔의 술을 흘렸고 눈물도 조금 흘렸던 것 같다. 물론 내 소설의 첫 독자였던 그 개는 지극한 호사를 오래 누리다가 오토바이에 실려 떠나갔다.

엄마 노릇 한번 제대로 해봤으면

어린 시절, 엄마는 가난을 벗어날 수만 있다면 악마에게 영혼이라도 팔고 싶었다. 일찍 학교를 그만두고 서울의 밤거리에 나 자신을 내던졌지.

첫 번째 결혼은 실패, 두 번째 결혼에서 너를 낳았다. 그러나 네 아빠가 예전에 헤어진 아내를 다시 만나자 나는 너를 들쳐업고 집을 뛰쳐나오고 말았어. 그때 네 나이 세 살이었다. 화투방을 전전하다가 새로운 남자를 만났지. 그 사람은 순박한 사람이었지만 술을 먹으면 딴 사람이 되어버리곤 했어. 엄마를 후려치는 낯선 손길과 잇따른 비명… 결국 너를 키울 수 없어 아빠에게 데려다주고 돌아서는 순간 너는 차분하고 또렷한 목소리로 말했다.

"엄마, 내가 찾을게!"

그 뒤 너를 향한 그리움으로 나는 폐인이 되어갔다. 그러다 지금의 남편을 10년 만에 다시 만났지. 네가 엄마와 살 때 집에 자주 드나들던 바로 그 아저씨. 내가 폐암 말기임에도 불구하고 그는 나를 기필코 살리겠다며 혼인을 하자고 울면서 고백했어. 결국 그 사람과 엄마는 정식 부부가 되었다.

내가 살아 있는 동안 꼭 네게 용서를 빌고 싶어 네 연락처를 수소문했단다. 이윽고 너를 만나는 날 미안하다, 미안하다, 미안하다… 한 마디 말밖에 할 줄 모르는 사람처럼 미안하다를 되뇌는 내게 너는 고맙게도 엄마라고 부르며 지난 세월은 얘기하지 말자고 했지. 그날 엄마는 이모 집에서 15년 만에 너를 꼭 껴안고 꿈같은 하룻밤을 보냈다.

너를 만나고 나니 슬그머니 부질없는 욕심이 생긴다. 네게 엄마 노릇 한번 제대로 해봤으면 하는 소망이다. 네가 시집가는 날까지만 살 수 있다면… 아니, 너와 한 계절만이라도 연애하듯 살아봤으면…. 박꽃 같은 나의 딸 이나야….

《미안하다…미안하다 미안하다》, 손동인, 파라북스

나무와 풀은 무엇이 다를까?

돌매화나무는 키가 1.2cm밖에 안 돼 풀이라고 생각하겠지만 나무다. 나무와 풀을 나누는 기준은 부피를 커지게 하는 분열조직인 '부름켜'의 유무. 풀은 부름켜가 없어 키는 자라도 부피가 커지지 않아 대부분 1년이면 죽지만, 나무는 부름켜 덕분에 매년 성장하면서 길게는 수천 년을 산다.

작은 씨앗

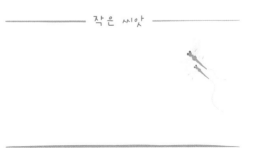

3

문화탐방

옥수동에 서면
압구정동이 보인다

황록주 님 미술평론가

🎾 행과 불행은 삶 자체가 아니라 삶을 바라보는 관점에 달려 있다.
(마사 워싱턴)

집 앞까지 차 한 대 들어가지 못하는 다닥다닥한 빈촌 옥수동, 낮이면 한강이 유유히 흐르는 모습이, 또 밤이면 압구정동의 화려한 불빛이 한눈에 내려다보이는 집 한 채가 있다. 돈을 좇아 흐르던 도박 인생에 종지부를 찍고, 지난 시절 방탕한 자신을 떠나간 아내를 기다리는 열쇠장이 김만수, 가슴에 묻고 지내는 아픈 사연 때문에 크게 한 건 올려야 하는 건달 박문호, 그리고 의붓아버지의 괴롭힘에 집을 나온 착하고 따뜻한 밤무대 가수 조미령. 여기, 이 세 사람이 함께 살고 있다. 4월 14일부터 오는 7월 30일까지 대학로 두레홀 2관에서 공연되는 연극 〈옥수동에 서면 압구정동이 보인다〉. 1996년 세상에 나온 이후 10년만의 재공연이다. 요즘 같으면 10년 세월에 강산이 변할 듯도 한데, 연출가의 시선에 신선함이 있어서인지 지난 시간을 어루만지는 연극 같지가 않다. 초고층 주상복합 건물이 나날이 늘어가도 화장실을 공동으로 쓰는 셋방살이는 10년, 20년 전처럼 여전히 존재하니 말이다. 이 연극은 다만 그 양극이 얼마나 다른가를 들추려는 것이 아니라, 인생을 성실히 살아내는 등장인물들을 통해 삶은 어느 편에 서 있든 간에 제 나름의 행복과 희망을 품고 있다는 사실을 따뜻하게 그려내고 있다.

재밌는 것은 관객에게도 배역이 주어진다는 것이다. 집주인 김만수는 매일 아침 마당에서 운동을 할 때 한강을 바라보며 '한강아~'로 시작되는 독백을 이어가는데, 마치 정말 저만치 한강을 바라보는 것처럼 객석을 향해 던지는 배우의 시선을 좇아가다 보면, 관객은 순간 한강이 된다. 묵묵히 흐르며 그 삶의 희로애락을 지켜봐주는 덤덤한 세월이 된다. 또 언젠가 저 강 건너 압구정동의 찬란한 불빛 같은 삶을 살 수 있을 거라 이야기하는 박문호와 조미령의 대화를 지켜볼 때, 객석은 돌연 압구정동으로, 그 누군가의 희망으로 변한다. 각본상에는 없는 배역이지만, 또 대사 한 마디, 동작 하나 없지만 연극 속에 등장하는 옥수동 무대와 더불어 객석은, 또한 관객은 한강이 되고 압구정동이 되어 공연을 완성해낸다.

타인의 삶을 바라보는 눈이, 늘 그렇게 한강 같으면 좋겠다. 무어라 참견도 없지만, 가끔은 묵묵히 하소연이든 독백이든 들어주는 것, 누군가에게 그런 한강이 되어주는 것, 모든 인생을 통틀어 잘 해낼 수 있으면 좋겠다.

하지만, 고맙다

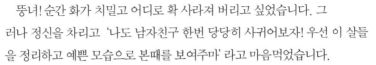

겨울방학을 나태하게 보내다 그만 엄청나게 불어난 살로 인해 얼굴 들고 다니기 창피할 정도로 건강(?)해졌습니다. 고1 여름방학을 맞기 한 달 전이었습니다. 옆 반 남자아이가 나를 짝사랑한다는 소문이 나돌자, 예쁜 아이도 많은데 왜 하필 뚱뚱한 나를 좋아하는지 궁금해하던 아이들이 내 얼굴을 한번씩 보고 갔습니다.

그때 나에게 충격을 주었던 남학생의 한 마디.

"옆 반의 누가 2반 뚱녀를 좋아한다!"

뚱녀! 순간 화가 치밀고 어디로 확 사라져 버리고 싶었습니다. 그러나 정신을 차리고 '나도 남자친구 한번 당당히 사귀어보자! 우선 이 살들을 정리하고 예쁜 모습으로 본때를 보여주마' 라고 마음먹었습니다.

그날 저녁부터 식사량을 줄이면서 줄넘기를 100개씩 했습니다. 줄넘기를 넘는 횟수가 늘어갈수록 체중계의 눈금은 1kg, 2kg 점점 내려갔습니다.

먹고 싶은 음식을 참아가며 애쓴 여름방학이 끝나고 첫 수업시간. 담임선생님은 내 이름을 몇 번이나 부르며 얼굴을 확인할 정도로 놀라셨습니다. 옆 반 아이들이 쉬는 시간마다 나를 구경하러 왔으니 독하다는 소리가 나올 만했습니다. 나도 놀랐죠. 그런데 나를 좋아한다던 그 아이는 고백조차 안 한 채 전학을 갔고, 나를 뚱녀라 놀렸던 짓궂은 남학생도 전학을 가버렸습니다. 아줌마가 된 지금 20kg을 뺐던 그 독한 마음은 다 어디로 갔는지 나날이 늘어가는 뱃살을 보며 스멀스멀 옛 추억이 떠올라 다시금 힘을 줘봅니다.

이라영 님 / 충북 증평군 장동

중노동을 할 때 먹었던 마늘

이집트에서는 피라미드를 건설할 때 노예들에게 마늘을 먹여 더위를 견디게 했다. 중국에서도 만리장성을 쌓을 때 인부들에게 마늘을 먹였다고 한다. 이는 마늘에 피로 회복을 돕는 아로나민의 주성분이 들어있기 때문이다. 또 마늘은 흙 속의 미네랄을 흡수해서 암을 예방한다.

작은 씨앗

우리가 부모가 됐을 때 비로소 부모가 베푸는 사랑의 고마움이 어떤 것인지 절실히 깨달을 수 있다. (헨리 워드 비치)

어머님의 입원

강학중 님 가정경영연구소장

어머님이 입원했으니 병원에서 만나자는 큰 형님의 얘기에 가슴이 철렁 내려앉았다. 놀란 가슴을 누르며 달려갔더니 다행히 큰 걱정은 안 해도 된다고 했다. 하지만 아이들까지 전원 집합을 해서 가슴을 쓸어내리고 있었다.

올해 어머님 나이 여든다섯, 너무나 건강하셔서 이런 일이 일어날 거라고는 생각도 못했던 무지와 착각이 부끄러웠다. 며느리와 자식에게까지 늘 깔끔한 모습만 보여주려고 애쓰셨던 어머님이었지만 경황없이 입원하는 바람에 틀니 뺀 모습을 손자, 손녀에게까지 들켜버리고 말았다. 그러나 틀니를 빼고 환자복을 입고 계신 어머님의 모습을 지켜보자니 가슴 한구석이 저려왔다. 매일 딸과 며느리, 아들들이 수발을 들고 손자들까지 밤에 병실을 지키니 나는 복이 많은 사람이라며 어머님은 칭찬을 아끼지 않으셨지만 어머님이 베푼 것의 백분의 일을 할까, 천분의 일을 할 수 있을까 싶어 송구스러웠다.

곧 퇴원할 수 있으리라는 예상과는 달리 열흘이 지난 뒤 고관절에 물이 차고 염증이 생겨 3주 정도 더 입원해야겠다는 의사의 말에 간병인을 두기로 했다. '긴 병에 효자 없다'는 옛말처럼 부모님의 장기 입원이나 투병 앞에서 가족 간의 갈등이나 불화로 괴로워하는 가족들을 많이 본다. 당장 본인들의 생업에 지장을 받고 생활 리듬이 깨지는 불편함도 클 뿐더러 병원비와 수발을 둘러싸고 형평성 때문에 형제간에 다투는 가족이 적지 않다. 일을 가지고 있는 사람과 살림만 하는 사람간의 갈등으로 얼굴을 붉히는 동서들과 올케, 부모님 수발을 놓고 당신 부모, 내 부모를 들먹이며 싸우는 부부도 있다.

언젠가는 한 번씩 겪어야 할 일이라면 장모님이 입원을 하시더라도 별 일이 없게 형제간에 미리미리 원칙을 정해놓는 것이 좋겠다는 얘기를 아내와 나눴다. 누가 책임지고 당번을 조정할 것인지, 의사와는 누가 주도적으로 상의를 할 것인지, 병원비 분담 원칙은 어떻게 하는 것이 좋은지를 미리 의논할 수 있다면 정작 일이 닥쳐서 생기는 갈등을 줄일 수 있을 것이다. 그리고 지나친 죄책감을 버리고 건강의 중요성을 되돌아보는 계기로 생각하며 최선을 다한다면, 부모님을 위해 내가 무언가 해드릴 수 있는 절호의 기회로 삼을 수 있지 않을까.

아빠는 방학 중

며칠을 말없이 지내던 남편이 회사를 그만두겠다는 마른 하늘에 날벼락 같은 말을 했습니다. 눈앞이 깜깜해 남편의 심정을 헤아릴 여유가 없었죠. 이틀 뒤 남편은 회사를 그만두었습니다. 그러나 남편은 다음 날 출근 준비를 하고는 아이들보다 먼저 집을 나섰습니다. 아이들이 등교한 뒤 다시 집으로 돌아왔죠. 그렇게 며칠 동안 아침마다 외출하는 남편에게 나는 도대체 어디를 가는 것이냐고 따지듯 물었습니다.

"아이들에게 실직한 모습을 보여주기 싫어. 그러니 당분간 아이들에게는 비밀로 하자."

안쓰럽고 미안한 마음에 눈물이 났습니다. 그제야 남편의 버겁고 힘든 마음이 느껴졌습니다. 그러나 비밀은 오래가지 못했습니다. 다음 날 아이들의 등교가 늦어져 다시 집으로 돌아온 남편과 아이들이 만나고 말았습니다. 나는 일단 "아빠가 뭘 두고 가셨나봐"라며 둘러댔습니다.

하지만 이렇게 지내서는 안 되겠다 싶어 아이들에게 사실을 털어놓기로 결심했죠. 그날 저녁에 두 아이를 앞에 앉히고 말했습니다. 내 이야기를 다 듣고, 작은아이가 심각하게 물었습니다.

"엄마, 그럼 우리 어떻게 살아요?"

내가 대답하기도 전에 큰아이가 말했습니다.

"우리에게 방학이 있듯이 아빠에게도 방학이 필요해. 우리가 방학 뒤 다시 공부를 하는 것처럼 아빠도 다시 회사를 다닐 거야."

언제 내 아이들이 이렇게 컸을까요. 아이들을 꼬옥 안아주었습니다. 지금 우리는 힘들지 않습니다. 큰아이의 말처럼 이 방학이 끝나면 남편은 더 나은 모습을 보여줄 테니까요.

제정화 님 / 울산시 울주군 천전리

비행기 바퀴가 녹아요!

비행기가 착륙하면서 바퀴가 활주로에 닿을 때 생기는 마찰열은 800도. 보잉 747-400 점보제트기는 착륙할 때 바퀴 18개에서 모두 4kg정도의 고무가 녹는다. 바퀴 한 개의 무게가 120kg, 1년에 350개의 분량이 녹아버린다. 바퀴 한 개 값이 100만 원이 넘으니 약 4억 원이 녹아 없어지는 셈.

작은 씨앗

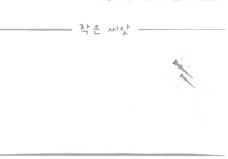

내 인생의
만족을 위하여

🌑 살면서 만나는 사람들 중에 당신 곁에 가장 오래 있을 사람, 결코 떠나지 않을 사람, 잃지 않을 사람은 당신 자신이다. (조 쿠더트)

'**원**하는 것을 가져도 늘 우울한 사람들을 특별우대' 하는 행복병원에서 주인공 '우울해' 씨가 '만성 불만족증후군' 레벨 테스트를 하고 있다. 얼마 뒤 우리의 우울해 씨, 불만족증후군 상위 레벨에 그 이름이 적힌다. 다음은 주인공이 모두 '네' 한 내용.

1. 직장만 구하면 행복할 줄 알았는데 차, 집 등 채워지지 않은 부분이 마음을 짓누른다 2. 이력서만 보내면 더 좋은 기회를 잡을 수 있는데도 텔레비전 앞에서 시간을 보낸다 3. 회사의 자질구레한 일에 거절을 못하며 스트레스를 받는다 4. 남에게 일을 맡기는 것이 불안하다 5. 좋은 일이 생겨도 크게 기뻐하지 못한다 6. 어떤 일을 해도 내가 잘하는지 의심스럽다 7. 친구 승진 소식에 마음이 쓰리다.

해피 원장은 번호 옆에 증상을 적었다. 1. 자기애 부족 2. 자포자기 3. 희생양 심리 4. 자기 의존증 5. 기분저하 우울증 6. 실패 방어 심리 7. 비교 콤플렉스.

원장이 말했다. "늘 누군가에게 '난 이런 사람이야!'를 증명해 보여야 했죠?" "네, 그저 그런 성공은 전혀 기쁘지 않았어요. 그래서 더 열심히 하는데도 사람들은 내 노력을 알아주지 않았어요. 나 자신조차 스스로를 의심하곤 하죠." "아마 본인보다 보잘것없다고 생각했던 사람이 잘되는 것에 우울함을 느꼈을 겁니다. 그 때문에 종종 중요한 일을 앞두고도 그거 해서 뭣해, 라는 기분이 들었을 테죠. "어떻게 하면 될까요?" "변화란, 다른 사람처럼 되려고 할 때 생기는 것이 아닙니다. 자신을 있는 그대로 인정하면서 변화되어야 할 부분을 행동으로 옮겨보세요."

해피 원장은 처방전을 건넸다. 1. 인생에서 가장 중요한 것, 자신에게 가장 부족하고 필요한 것 찾아내기 2. 소중한 것 먼저 하기. 이때 스스로를 검열하며 포기하지 말 것 3. 자신을 지지해주는 사람에게 진심으로 베풀기 4. 마음을 열고 자신을 믿기 5. 긍정적으로 생각하기 6. 늘 남에게 떠넘기는 일들 적어 보기. 그리고 실력을 키우는 데 집중하기 7. 잘하는 일들 적어 보기. 처방전 끝에는 이런 말이 써 있었다. 「과제를 풀면 병원에 오지 않아도 됩니다. 과제: 〈나는 이런 사람이다. 나에게 필요한 것은 이것이고, 지금 이런 감정을 느끼고 있다. 나의 생각은 이러저러하다〉를 설명하시오.

(참고: 《사람은 왜 만족을 모르는가?》, 에코의서재) 한윤정 기자

냉장고에서 빨래를 꺼내?

한가로운 일요일이었습니다. 교복을 빨려고 세탁기를 돌렸지요. 빨래가 다 될 무렵 어머니가 말씀하셨습니다.

"선애야, 냉장고에서 빨래 좀 꺼내."

냉장고를 향해 가다가 웃음이 터져나왔습니다.

"냉장고에서?"라고 되묻자 엄마는 "아이고 내 정신 좀 봐. 세탁기, 세탁기."

종일 그 생각에 피식피식 웃음이 났습니다.

금세 일주일이 지나가고 또다시 찾아온 일요일, 엄마가 말했습니다.

"빨래 좀 개서 냉장고에 넣어." "네?" "냉장고. 아니, 옷장."

어느 날 문득 왜 엄마가 같은 실수를 할까 생각해보았습니다. 엄마는 식당을 혼자 꾸려가십니다. 몇 년 전 추락 사고로 몸도 성치 않은데 엄마가 주방일, 서빙, 계산까지 모두 도맡아 하시기에 늘 지쳐 있습니다.

엄마가 가장 오랫동안 머무는 곳이 주방, 가장 자주 열고 닫는 것이 냉장고입니다. 그러니 냉장고라는 말이 불쑥불쑥 입 밖으로 나오는 것이었지요. 마음 한구석이 아려왔습니다.

왜 종업원을 고용하지 않느냐는 질문에 엄마는 월세 식당에서 무슨 종업원이냐며, 혼자서도 잘할 수 있다고 말합니다. 자식에게 자신과 같은 삶을 살지 않게 하기 위해, 고된 삶의 흔적이 고스란히 남아 있는 손을 오늘도 찬물에 담그는 엄마를 보며 나는 착잡한 심정으로 냉장고라 불리는 세탁기에서 빨래를 꺼내 넣었습니다.

김선애 님 / 충남 논산시 강산동

나오미족

20대 못잖은 외모와 감각, 여기에 관록까지 겸비한 30대 중반에서 40대 초반의 모델을 광고계에서는 '나오미족'이라 부른다. 'Not old image'에서 나왔다. 이는 자신에게 투자를 아끼지 않는 중년여성, 아저씨이기를 거부하는 중년남성 등 중년의 가치를 재발견하는 사회 분위기와 관계가 있다.

작은 씨앗

인생은 단순하다. 단지 사람이 그것을 복잡하게 만들 뿐이다. (공자)

등꽃 보러 갔다가

함정임 님 소설가

모처럼 황사도 자고 바람도 순한 청아한 봄밤이었다. 동료, 제자들과 저녁식사를 마치고 헤어지려는데, 어렵게 마련된 그 자리가 아쉬웠던지 풍성한 예술적 식견만큼이나 산 사나이로 명성이 높은 C 선생이 모두의 마음을 하나로 다잡는 한 마디를 내주셨다. "등꽃이 피었을라나?" 함께 있던 사람 중에 그 말뜻을 모르는 사람은 나 하나였다. "지금쯤 등꽃이 피었을지도 모릅니다." 일행 중 J 선생이 손가락으로 날짜를 짚어보는 듯하더니 고개를 끄덕였다. 그러자 모두가 탄성을 지르며 J 선생의 말에 동의하고는 나를 바라봤다. "좀 걸으시렵니까?"

앞서거니 뒤서거니 발길은 골목을 벗어나 자그마한 동산으로 이어졌다. 이름 하여 에덴 공원. 부산으로 거처를 옮긴 지 달포, 집은 동쪽 끝 해운대에, 직장은 서쪽 끝 낙동강 하구에 둔 터여서 아침저녁 도시를 가로지르는 고가도로를 달릴 뿐, 정작 사람들의 속내가 어우러진 골목이나 근방을 돌아볼 엄두도 못 내고 있던 차에 잘 됐다 싶었다. 이리저리 휘어진 대로 길이 된 언덕은 바로 아래 별천지를 이루는 대학가 네온 불빛을 따돌리며 점점 호젓해졌다. 어둠 속에 호미질 소리가 났다. 중년을 넘어선 어른이 어두워지도록 일궈놓은 채마밭이 오붓하게 눈에 잠겼다. 어른은 종교음악 전공자로 평생 언덕을 지키며 예술 애호가들에게 언덕을 제공해왔다고 했다. 일행을 따라 몇 걸음 더 걸으니 '솔바람'이라는 어른의 집이 나왔다. 양지바른 마당을 차지한 등나무 정원이 과연 일품이었다.

등꽃은 보랏빛 몽우리를 입에 문 채 마지막 꽃샘추위를 견디고 있었다. J 선생을 따라 언덕을 돌아가니 시비가 하나 서 있었다. "이 시의 주인공이 누구인지 아십니까?" C 선생이 어느덧 뒤에 와 서 계셨다. J 선생이 휴대전화로 빛을 내어 돌에 새겨진 시를 비춰주었다. '이것은 소리 없는 아우성…' 아, 청마(靑馬)! 나도 모르게 시가 새겨진 차가운 돌에 손을 가져다 대었다. 〈깃발〉의 시인 유치환의 혼이 등꽃 대신 거기 와 있었다. 청마를 사랑하는 사람들이 갈대 울울한 강변 언덕 위에 깃발처럼 시인의 뜻을 세워 놓았던 것이다.

등꽃 아래 앉으면 눈물마저도 보랏빛이라 했던가. 돌아오는 길, 가슴 가득 해원(海原)을 향한 노스탤지어의 손수건이 오래도록 나부꼈다. 신비로운 밤이었다.

전쟁기념관 형제의 상

서울 용산의 전쟁기념관 앞마당에는 화강암으로 쌓아올린 돔 위에 높이 11미터짜리 '형제의 상'이 서 있다. 군복을 입은 두 남자가 서로 껴안고 있는 '형제의 상'은 가슴 뭉클한 사연을 간직하고 있다.

황해도 평산군 신암면에 형 박규철과 동생 용철 형제가 살고 있었다. 광복과 분단으로 이어진 시대의 혼란 속에서 형은 동생에게 가족을 부탁하고 홀로 월남했다. 그러다 1950년 한국전쟁이 발발하자 박규철은 참전해 많은 공을 세우며 소위로 진급했다.

박 소위는 도망치는 북한군 사단을 추격하게 되었고 충북 단양군 죽령에서 마지막 결전을 벌였다. 하루는 박 소위가 자신에게 호통 치는 어머니 앞에서 엉엉 우는 이상한 꿈을 꿨다. 이튿날 공격 중에 땅바닥에 납작하게 엎드린 북한군에게 총을 겨누며 도망치지 않으면 살려주겠다고 외쳤다. 그런데 힐끗 돌아본 상대의 얼굴을 본 박 소위는 어젯밤의 꿈을 떠올렸다. 바로 앞에 엎드린 적은 동생이었던 것이다.

박 소위는 북한군이 쏘아대는 총알을 아랑곳하지 않고 뛰어가 동생을 껴안았다. 동생도 형의 가슴에 얼굴을 묻고 눈물을 쏟았다. 형이 국군 진영으로 동생을 데려왔을 때 서로에게 총을 겨누었던 형제의 비애를 지켜본 많은 병사들이 눈시울을 적셨다. 그 뒤 형제는 같은 소대에서 근무했다.

이 이야기는 박 소위의 전우가 1989년 전쟁기념사업회의 한국전쟁 참전 수기에 공모해 입상하면서 세상에 알려졌다. 그리고 전쟁기념관을 열면서 조형물로 만들어지기에 이르렀다. 영화 〈태극기 휘날리며〉에도 영감을 준 '형제의 상'은 단순한 조형물이 아니다. 형제에게 총을 겨눈다는 사실도 모른 채 싸워야 했던 전쟁의 아픔인 것이다.

편집부

난쟁이 가로등

울산의 태화강변 대나무 숲 산책로에서 야간에 안전사고나 여성이 성추행 당하는 일이 발생하자 가로등을 설치하기로 했다. 그런데 환경단체가 "대나무 숲에서 잠자는 철새에게 방해된다"며 반대했다. 그래서 땅으로만 불빛이 비추도록 갓을 씌운 50cm 높이의 난쟁이 가로등을 설치하게 되었다.

작은 씨앗

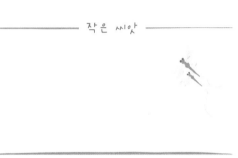

🌑 소중한 것을 찾는 방법은 마음만이 알고 있다. (도스토예프스키)

기러기 아빠, 로렌츠

회색기러기 마르티나는 태어나자마자 가느다랗게 뜬 실눈 사이로 누군가를 보았다. 웬 남자였다. 마르티나는 그 모습을 마음 깊이 각인시켰다. '아, 우리 아빠구나!' 아빠도 빙그레 웃는 듯했다. "꿱 꿱 꿱, 난 앞으로 아빠만 따라다닐 거예요." 그때 누군가가 그 남자를 불렀다. "이봐, 콘라트 로렌츠!"

콘라트 로렌츠(1903~1989)는 오스트리아 출신의 동물행동연구가이자 의학자이다. 의사가 되기를 바랐던 아버지로 인해 의학공부를 했지만 어렸을 때 감명 깊게 읽었던 《닐스의 모험》 속 동물들이 늘 그의 마음 한구석에 자리 잡고 있었다. 1928년 의학박사가 된 이후 그는 본격적으로 동물학 공부에 빠져들었다. 1933년 동물학 박사 학위를 딴 그는 1935년, 마침내 새들의 본능적 행동방식에 관한 논문을 발표하며 동물학자로서 주목을 받는다. 그 무렵 그는 회색 기러기를 관찰하고 있었다.

로렌츠는 원래 집오리를 관찰할 계획이었지만, 가정형편이 어려워지자 호수 근처에서 쉽게 구할 수 있는 회색기러기 알을 관찰 대상으로 삼았다. 그는 어느 날 기러기 새끼들이 알에서 부화하는 것을 지켜보고 있었다. 로렌츠는 새끼를 잠깐 관찰하고 놓아줄 요량으로 한 마리를 집어 들었다. 새끼 기러기는 한동안 로렌츠를 바라보았고, 그 뒤 로렌츠가 새끼를 둥지 안에 넣어주려 할 때, 이를 거부하며 로렌츠만을 따라다녔다. 어쩔 수 없이 기러기에게 마르티나란 이름을 붙여주며 자신 옆에 있게 했다. 그는 마르티나를 관찰하며, 야생 기러기들은 상대가 어미가 아니더라도, 알에서 깨자마자 처음 본 상대를 따라간다는 '각인효과'를 발견했다. 더불어 이 각인은 태어난 지 16시간 안에 형성되며 그 대상을 바꿀 수 없다는 사실도 알아냈다. 로렌츠는 이 연구를 통해 모든 동물의 출생 직후 경험이 성장한 뒤의 행동에도 영향을 미친다는 논문을 발표했다.

로렌츠의 이 연구는 인간이 동물을 길들일 수 있다는 사실을 알게 했고 더 나아가 인간행동심리학 연구에도 많은 힌트를 주었다. 로렌츠는 1973년 비교행동학 연구 업적을 인정받아 노벨생리·의학상을 수상했다. 그 뒤 그는 생태학자로, 친환경주의자로 적극적인 삶을 살았다. 하지만 나치를 지지했던 전력 때문에 과학자로서 제대로 된 평가를 받지 못했다.

한윤정 기자

며느리 구두 닦는 시아버지

늦게까지 회사일이 많던 날, 시부모님께 아이들을 부탁했다. 일을 마치고 시댁에 도착하니 아이들은 잠들어 있었다. 어머님이 해주신 맛있는 저녁을 먹고 현관문을 나서려는데 어머님이 나를 부르셨다.

"애미야, 신발 한 켤레 사줄까?"

"괜찮아요. 아직 신을 만해요. 저희 갈게요."

어머님 눈에 내 구두가 많이 낡아보였나 보다. 결국 그 구두가 찢어져 더 이상 신을 수 없게 되자 헌 구두를 버리고 새 신발을 마련했다.

주말에 아이들과 함께 시댁에 갔다. 저녁 준비를 하고 있는데, "신발 샀구나. 잘했다. 안 그래도 신발이 너무 낡아서 네 시아버지가 신발 사줘야겠다고 하셨는데…"라며 어머님이 흐뭇한 표정을 지으셨다. '아~ 그래서 지난번에 신발을 사주겠다고 하셨구나.'

저녁을 먹고 이런저런 이야기를 나누다 보니 어느새 10시. 집을 나서려는데 신발이 보이지 않았다. "어, 내 신발이 어디 갔지?"

그때 안방에서 아버님이 "거기 화장실 옆 신발장에 있다"라고 말하셨다.

신발장에서 신발을 집어 드니 구두가 깨끗이 닦여 있는 것이 아닌가. 저녁식사 뒤, 우리 부부가 웃으며 떠들고 있을 때 아버님은 며느리 새 구두에 앉은 먼지를 닦으셨던 것이다. 세상에 한 분밖에 없을, 며느리 구두를 닦아주시는 시아버지. 가슴이 뭉클했다. 아버님, 고맙습니다. 구두 깨끗이 신을게요.

김량미 님 / 미국 로스앤젤레스에서

'건강하세요'는 틀린 말?

'건강하다'는 몸과 마음이 다부지고 굳세다는 뜻을 지닌 형용사. 형용사에는 명령형 어미나 청유형 어미, 의도형 어미를 붙일 수 없다. 즉, '-세요/-시어요'를 붙이는 것은 틀린 말. "건강하게 지내십시오"나 "건강하길 바랍니다"가 맞는 말이다. 단 "건강하세요?"라고 상태를 묻는 말로는 가능하다.

작은 씨앗

🌸 행복하기 위해 필요한 세 가지는 일하고, 사랑하고, 소망하는 것이다.
(조셉 애디슨)

부모로서 견디기

이명수 님 (주)J심리분석연구소 대표이사

부의 세습문제가 심각한 사회적 이슈가 되고 있는 시대에 나는 얼마 전까지 부동산을 상속하는 문제에 대해서 심각하게 고민했다. 올해 14세가 된 막내 아이 때문이다. 야산을 하나 사서 15년쯤 후에 과수원 같은 것으로 활용해서 아이의 생활 터전이 되게 하면 어떨까 하는 생각이 들었던 것이다.

막내 아이는 지나치게 고지식할 뿐 아니라 한마디로 어리버리하다. 서머힐에 다니고 있는 아이에게 학교에서 가장 좋은 게 무어냐고 물었더니 아이는 나무에 매달아 놓은 그네를 타는 일이라고 답했다. "그거 하나야?"라고 했더니 아이는 혼잣말처럼 "두 갠데"라고 말했다. 그네가 두 개 있었던 것이다. 그런 식이다.

몇 년 전 아이의 생일에 집을 나서는데 새로 생긴 제과점 앞에서 개업 이벤트가 한창이었다. 우리 식구들은 장난기가 발동해서 춤추는 언니들과 화려한 풍선들이 막내 아이의 생일을 축하하기 위한 것이라고 설명했다. 아이는 추호의 의심도 없이 아직도 생일 때만 되면 그 일을 흐뭇한 마음으로 추억하고 있다.

막내가 초등학교 2학년이던 사촌 동생과 패밀리 레스토랑에 갔다. 한국에서 영어 학원에 다닌 지 6개월째라는 사촌 동생은 능숙하게 영어 메뉴를 읽어내는데 우리 아이는 스테이크나 오렌지 같은 영어 단어를 제대로 읽지 못했다. 아무리 열린 교육의 총본산이라는 서머힐이라지만 영국에 공부하러 간 지 4년쯤 되던 해의 일이다. 하지만 그 얼마 뒤 나를 만난 서머힐의 선생님은 막내 아이가 더 놀아야 한다고 조언했고, 나 또한 흔쾌히 그 의견에 동의했다. 그렇게 막내 아이는 7년째 놀고(?) 있다.

나는 올해 들어 미래의 과수원 계획을 미련없이 접었다. 막내 아이가 혼자서도 능히 과수원을 마련할 수 있을 것처럼 성장했기 때문이다. 그동안 내 조급증으로 인해 아이의 자연스럽고 은근한 성장을 미처 보지 못했던 게 아닌가 싶을 만큼 '훌쩍'. 부모가 견딜 수 있는 능력만 있다면 세월이 아이를 절로 여물게 한다는 사실을 나는 새삼 깨닫고 있다. 나는 아이가 이담에 커서 감사원 같은 곳에서 근무하면 수많은 사람을 긴장시킬 수밖에 없을 것이라는 상상에 즐겁다. 아이가 장래에 무엇이 될지 몰라서 불안한 게 아니라 무엇이 될까라는 궁금증에 마음이 설렌다.

가정에서 사랑을 시작하라

나는 여덟 명의 자녀를 둔 어느 힌두교 가정에 갔다가 아주 특별한 경험을 한 적이 있습니다.

신사 한 분이 찾아와서는 "수녀님, 아이가 여덟이나 되는 가족이 있는데 아주 오랫동안 굶고 있답니다. 도움을 주셔야겠습니다"라고 말했습니다.

그래서 약간의 쌀을 가지고 당장 그 집으로 갔습니다. 아이들을 보니 너무 굶주려 눈이 빛날 정도였습니다. 여러분, 굶주린 사람을 보신 적이 있습니까? 나는 너무도 자주 봅니다. 아이들 엄마는 내가 가져간 쌀을 받아서 다른 그릇에 나눠 담더니 그것을 들고 밖으로 나갔습니다. 그 여인이 돌아오자 나는 어디에 가서 뭘 하고 왔는지 물었습니다. 그랬더니 아무렇지 않게 대답을 하더군요.

"굶주린 사람이 또 있거든요."

가장 놀라웠던 것은 이웃에 굶주린 사람이 있다는 것을 그녀가 알고 있다는 사실이었습니다. 그 이웃은 이슬람교를 믿는 가정이었지만, 아이들 엄마는 그들이 굶고 있다는 것을 알고 있었던 겁니다.

나는 그날 밤 더 이상의 쌀을 가져다주지 않았습니다. 그들이 서로 나누는 기쁨을 누리길 원했기 때문이지요. 그리고 그곳에는 사랑을 나눌 줄 아는 엄마가 있어서 기쁨이 빛나고, 그 기쁨을 또 서로 나누는 아이들이 있었습니다.

사랑은 바로 여기, 가정에서 시작된다는 것을 여러분은 아셔야 합니다. 여러분도 실천해 주시길 바랍니다.

- 마더 데레사의 노벨평화상 수상 연설문 중에서

《가난한 마음 마더 데레사》, 나빈 차울라, 생각의나무

운동 전 커피는 금물

오스트리아 취리히대학의 필립 카우프만 박사는 운동 전에 커피를 마시면 운동조건에 맞추려는 심장의 대응기능을 둔화시킬 수 있다고 밝혔다. 운동을 하면 평소 때보다 산소가 더 많이 필요하기 때문에 심장을 움직이는 심근에 많은 혈액이 공급되는데 커피가 이를 방해한다는 것이다.

작은 씨앗

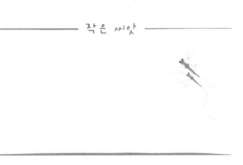

금요일

9

오늘의 만남

조선의 밤은 잠들지 않았다

> 🌑 성실 하나로 살아가는 사람이 남에게 감동을 주지 못했다는 예는 이제까지 한 번도 없었다. (맹자)

조선 시대 풍속화의 대가 신윤복의 〈월하정인〉에는 넓은 갓에 중치막을 입고 있는 사내와 쓰개치마를 쓴 여인이 초승달 아래에서 밀회를 즐기고 있다. '달은 기울어 밤 깊은 삼경인데, 두 사람 마음은 두 사람이 안다(月沈沈夜三更 兩人心事兩人知)'는 글귀가 은밀한 분위기를 더욱 고조시킨다. 가만, 삼경이라고 하면 밤 11시에서 새벽 1시까지를 가리키는데 통금 시간이 있던 조선 시대에 이와 같은 일이 가능한 걸까?

《경국대전》에는 '궁궐 문은 초저녁에 닫고 해뜰 때 열며 도성 문은 인정에 닫고 파루에 연다'고 기록되어 있다. '인정'은 통행금지가 시작되는 오후 10시에 종각의 대종을 28번 치는 것이고, '파루'는 통행금지가 해제되는 오전 4시에 북이나 종을 33번 치는 것을 말한다. 불과 20여 년 전, 자정 통금 사이렌에 맞춰 줄행랑을 치던 우리네와 마찬가지로 조선 시대 사람들도 종이 28번 울리면 일단 집으로 들어가야 했던 것이다. 이를 어길 땐 다음 날 곤장을 맞았는데, 시간대별로 곤장 수가 달랐다. 삼경은 곤장 30대를 맞는 가장 무거운 벌이 내려지는 시간이었으니 〈월하정인〉의 두 주인공은 배짱이 꽤나 두둑했나 보다.

물론 질병, 출산 등 부득이한 일이 있는 경우는 예외였다. 특히 성균관 유생들은 밤늦게 제사를 지내거나, 위급한 일이 있을 때 왕에게 상소할 일이 많았기 때문에 통금 특례자였다. 효종은 '성균관에 하사한다'는 글귀가 새겨진 은잔을 유생들에게 나눠주었고, 그것이 일종의 통행증 역할을 했다. 그런데 영조 때 성균관의 한 유생이 통금을 어겼다는 이유로 곤장을 맞는 일이 벌어졌다. 이에 유생들이 동맹 휴학을 결의하자 영조는 즉시 포도대장을 엄벌했다.

성균관 유생도 아니고 부득이한 일이 없더라도 통금의 자유를 누릴 수 있는 날이 있었으니 바로 '정월대보름'과 '부처님 오신 날'이었다. 그렇다면 〈월하정인〉의 두 남녀가 만난 날은 이 두 날 중에 하루였을까? 조선의 통금제도가 조금씩 느슨해지면서 언제부터인지 낮에 외출하기 힘든 양반댁 여인들이 밤에 외출하는 관습이 생겨났다. 나라는 이를 알면서도 묵인했고 때론 밤나들이 하는 여인들을 적극 보호하기까지 했다. 남녀가 자유롭게 연애할 공간이 없던 조선 시대, 사랑 앞에서만은 법도 넓은 아량을 베푼 듯하다.

장민형 기자

남을 배려하는 마음

학교가 끝난 뒤 사람들로 가득한 지하철을 타고 집으로 가는 길은 너무 힘들고 멀게 느껴졌죠. 그러나 오늘은 다행스럽게도 자리에 앉을 수 있었습니다. 음악을 들으며 슬슬 잠을 청하려던 찰나 머리가 하얀 할머니 한 분이 지하철 안으로 들어오셨습니다.

지팡이에 몸을 의지하고 서 계신 모습이 많이 불편해 보였습니다. 잠시 주춤하던 나는 할머니께 자리를 양보했습니다.

"학생, 고마워. 안 그래도 되는데… 고마워."

할머니 앞에 자리를 잡고 서 있으려니 할머니께서 이번엔 미안하다고 하셨습니다.

"학생, 미안해. 나 때문에… 미안해. 힘들 텐데…."

괜찮다고 말씀드려도 연신 내게 미안하다고 하셨죠. 얼마 뒤 할머니께서 "나 이제 내리니까, 여기에 앉아요"라고 말하셨습니다. 출입문 쪽으로 가신 할머니는 한 정거장을 더 가신 뒤에야 내리셨습니다.

할머니께서 내가 힘들까 봐 미리 자리에서 일어나 출입문 앞에 가 계셨던 것입니다. 매번 출입문이 열린 뒤에야 부랴부랴 자리에서 일어나 내리던 내 모습이 떠올라 부끄러웠습니다.

서 있는 사람들을 배려해 조금 일찍 자리에서 일어나는 할머니를 보며 나는 '배려'라는 이름으로 사람들에게 사랑을 전하는 방법을 배웠습니다.

김희정 님 / 서울 은평구 불광3동

휴식시간에 긴 운동복을 입는 선수들

운동선수들은 경기 중에는 얇은 옷차림으로 뛰다가도, 쉴 때만 되면 긴 운동복을 걸친다. 농구나 배구 선수들은 솜으로 된 코트까지 껴입는데 이것은 운동 능력을 높이고 부상을 막기 위해서다. 쉴 때도 적당히 땀이 날 정도로 체온을 유지해야 언제라도 경기에 투입되어 제 몫을 발휘할 수 있다.

작은 씨앗

사회적 소수자의 영웅들

김종휘 님 문화평론가

> 🌀 승자는 넘어지면 일어서는 쾌감을 알지만, 패자는 넘어지면 재수를 탓한다. (J. 하비스)

미국 풋볼의 영웅 하인스 워드. 그의 한국 방문으로 혼혈인에 대한 사회적 시각이 크게 바뀌는 것 같다. 신문과 방송은 '한국 사회에서 혼혈인으로 살아가기'에 대한 특집 기사를 내보냈고, 정치권에서는 단일 민족을 강조한 교과서 내용을 글로벌 민족으로 바꾸자는 제안을 쏟아냈다.

물론 언론의 관심은 하인스 워드에게 맞추어져 있었다. 동시에 그만큼의 주목은 아니지만, 그에게 그림 편지를 보냈던 흑인 혼혈 아이나 대학 축구팀에서 선수로 활약하는 흑인 혼혈 청년 등 한국 사회에서 미래의 하인스 워드가 될지도 모를 혼혈 청소년에 대한 기사들도 눈에 띄었다.

하인스 워드가 한국을 찾아와서 우리의 혼혈인에 대한 인식이 바뀐다면, 나는 그가 아예 정기적으로 한국에 왔으면 좋겠다는 마음이 들었다. 그럴수록 미래의 하인스 워드들이 한국 사회에서 더 많아지지 않을까 싶은 소박한 기대가 생겼기 때문이다. 그런데 한 가지 이상한 생각이 들었다.

하인스 워드가 오기 전까지 우리에게는 왜 그만한 영웅이 없었을까? 나의 이런 생각은 한 이동통신회사가 제작한 CF '혼혈의 진실'에 나온 가수 인순이를 보고 산산 조각나고 말았다. 영웅이 없었던 게 아니었다. 우리 내부에는 인순이를 비롯한 숱한 영웅들이 이미 영웅답게 살고 있었다.

문제는 우리가 인순이를 하인스 워드만큼 영웅으로 바라보지 못한 데 있었다. 인순이도 하인스 워드만큼 자기 힘으로 우뚝 섰으나, 우리가 인순이를 하인스 워드로 발굴하지 못한 것이다. 다행인 점은 하인스 워드가 와서 인순이도 혼혈인의 영웅으로 다시금 주목받게 된 점이다.

하인스 워드가 한국을 떠나자 영국의 대표적인 장애인 구족 화가 앨리슨 래퍼가 한국을 찾았다. 우리네 언론은 미래의 앨리슨 래퍼가 될지도 모를 한국의 장애인 청소년을 보여줬다. 덕분에 '한국 사회에서 장애인으로 살아가기'에 대한 관심이 높아진 것 같다. 그러나 이런 잠깐의 열기는 금세 식을 수 있기 때문에, 나는 하인스 워드처럼 앨리슨 래퍼도 자주 한국에 왔으면 좋겠다. 아니 국가인권위원회에서 이런 사회적 소수자의 영웅들을 지속적으로 초대하면 좋겠다.

철없는 딸

우리 아기가 아장아장 걸어 다니며 온갖 재롱을 피웁니다. 방긋방긋 웃는 그 얼굴에 뽀뽀를 하다 문득 임신한 것을 처음 알게 된 때가 생각났습니다.

무더웠던 여름날이었습니다. 친정 엄마가 자궁에 종양이 생겼는데 검사 결과 자궁을 들어내는 대수술을 받아야 한다는 것이었습니다. 다행히 수술은 잘됐고, 회복도 순조로웠습니다.

직장에서 휴가를 얻어 엄마 간병을 하던 중 몸이 좀 이상하다고 느꼈지만, 그저 피곤해서 그러려니 하고 넘겼지요. 엄마가 퇴원을 하고 얼마간 우리 집에 계실 때였습니다. 혹시나 하는 마음에 산부인과에 갔더니 글쎄 임신이라지 뭡니까. 들뜬 마음에 집에 돌아와 엄마에게 임신 소식을 알렸더니 별 말씀 없으셨습니다. 내심 섭섭했지만 몸이 아파서 그러시려니 했답니다.

유산기가 있으니 조심하라는 의사 선생님의 말씀에 너무 겁을 먹었던 탓일까요? 엄마 간호를 해야 했지만 몸을 사리며 쉴 궁리만 했답니다. 엄마는 편치 않은 몸으로 국을 끓이고 밥을 하셨죠. 철없는 나는 그 밥을 앉아서 받아먹기만 했습니다.

시간이 지나 아기를 낳았고 엄마는 산후조리를 해주러 다시 서울로 올라오셨습니다. 문득 수술 뒤 우리 집에서 지낼 때 말없이, 힘없이 요리하시던 엄마의 모습이 떠올랐습니다. 몸 속에 생명을 품게 되었다는 사실에 흥분하고 신비로워했으면서도, 정작 엄마의 몸 속에 나를 품었던 그 소중한 자리가 사라졌다는 것을 왜 그리 대수롭지 않게 여겼던 것일까요?

이제야 털어놓네요. 엄마, 너무 철없이 굴어서 미안해요. 과거로 돌아갈 수 있다면 정말 잘할 수 있을 것 같은데…. 앞으로는 이렇게 후회할 일 만들지 않으며 살게요.

박은혜 님 / 서울 광진구 중곡4동

눈썹은 왜 짧게 자랄까

눈썹도 머리카락과 비슷한 속도로 자란다. 그런데 왜 눈썹은 짧을까? 머리카락은 무수히 많은 혈관을 통해 영양을 공급받아 길게 자라지만 눈썹은 혈관이 적고 영양공급량도 적기 때문에 눈을 보호할 수 있을 정도의 길이로만 자란다. 또 머리카락 수명이 6년인데 비해 눈썹은 6개월이다.

작은 씨앗

독도를 지키며 꽃핀 사랑

– 홍순칠과 박영희

원재훈 님 시인

독도는 요즘 우리와 가장 가까이 있는 곳이다. 물론, 지리적으로는 우리 국토 중에서 가장 외롭게 떨어진 곳이지만 우리의 마음으로는 동네 약국보다도 가까이 있다.

1950년대에 지금보다 훨씬 열악한 환경에서도 총을 들고 독도를 지키던 사람들이 있었다. 그 중에서도 홍순칠, 박영희 부부는 서로 다른 몸으로 태어났지만 한마음 한뜻으로 독도에서 삶과 사랑을 일구었다. 지금 그들의 사랑은 독도에 키 작은 야생화로 피어 있다. 그들의 사랑은 동해에 떠오른 독도의 동도와 서도처럼 서로 마주 보고 있다. 섬처럼 외롭게 있을수록 그것은 더욱더 빛난다.

한국전쟁이 끝났지만 참전 군인 홍순칠의 전쟁은 끝나지 않았다. 그는 전쟁에서 입은 부상으로 상이군인이 되어 고향인 울릉도에 돌아왔다. 그리고 1953년 4월, 그는 참전 군인 21명과 후방 부대에서 보급과 훈련을 담당할 주민 12명으로 조직된 '독도수비대'를 결성했다. 이들은 1956년 12월, 경찰에 독도 경비업무를 넘길 때까지 일본의 침탈 행위를 총과 대포로 지켜낸 진정한

영웅이다. 외교적 마찰을 염려해 당시 이승만 정권도 적극적인 개입을 주저하던 독도 문제를 참전 군인들로 구성된 민간인들 손으로 지켜낸 것이다.

홍순칠은 독도 수비대 결성 직전에 부인 박영희를 만났다. 당시 그녀는 스무 살 처녀였고, 홍순칠 대장은 순수한 영혼을 가진 스물네 살의 젊은이였다. 두 연인은 달콤하고 부드러운 사랑의 꿈을 거친 동해에 홀로 솟은 독도에 다 바치기로 맹세했다. 태풍과 같은 바닷바람도 이들의 사랑을 흔들지는 못했다.

독도 수비대가 결성될 당시 독도와 울릉도 연해에는 일본 무장 함정의 호위를 받은 일본의 대형 어선들이 출몰해 우리 어민들을 내쫓고 우리의 고기들을 잡아갔다. 대원들은 그 행위를 단순히 어업을 위한 것이 아니라 독도를 빼앗으려는 일본의 야욕으로 규정했다. 이들은 독도에 판잣집을 짓고, 지금도 찬란하게 빛나는 '한국령'이라는 글자를 암벽에 새겼다. 홍순칠 대장은 현재 일본이 보이는 독도에 대한 야욕을 이미 다 짐작하고 있었다.

독도 수비대는 1954년 11월, '독도대첩'이라고 불리는 전쟁을 치렀다. 일본 함정 3척을 물리치는 전과를 이루었는데 정부에서 이들에게 무기를 지급한 것도 아니었다. 이들의 무기는 애국심과 독도 사랑이었다. 전쟁 때 쓰다 버린 소총과 박격포 등을 수리해 일본의 최첨단 무장 함정과 크고 작은 전투를 50여 차례나 치렀다.

홍순칠 대장이 전투의 전면에 나섰다면, 부인 박영희는 후방 대원으로 무기와 식량을 보급하면서 호흡을 맞추었다. 대원들은 열악한 환경 때문에 며칠씩 밥을 굶곤 했다. 박영희는 그런 대원들과 함께하며 그들을 보살폈다. 갖은 고생을 하면서도 홍순칠 부부와 대원들은 어민들이 자유롭게 고기를 잡는 것을 보고 기뻐했다.

홍순칠 대장은 한국전쟁 당시 원산전투에서 입은 화상이 도져 1986년 병상에서 쓸쓸하게 숨졌다. 숨지면서까지 후세를 위해 자신이 육필로 기록한 독도 관련 자료를 남겼고, 부인에게는 독도 수비대원들을 잘 돌봐준 것에 고마워했다. 지독한 고생을 했음에도 부인은 다시 태어나도 대한의 진정한 남자인 홍순칠 대장과 결혼할 것이라고 말했다.

장황하게 사랑의 이론을 떠드는 것보다 이렇게 보이지 않는 곳에서 뿌리를 내리는 사람들의 사랑은 둔중하게 가슴으로 밀려온다. 먼 바다에서 밀려오는 파도와 같이.

사랑의 빛깔하면 우리는 꿈꾸는 듯한 무지개 빛을 떠올리곤 한다. 그러나 이들의 사랑은 푸른 독도의 바다 빛처럼 깊고도 넓었다. 한 남자와 한 여자가 만나 평생을 같이한다는것, 그것의 의미는 무엇일까?

혼자서는 섬처럼 외로우리라. 그러나 마주 본다면 아무리 멀리 떨어져 있어도 흔들리지 않는 뿌리를 내릴 것이다. 독도는 아름다운 사람들이 지켜낸 우리의 땅이다.

원재훈 님은 《그리운102》《딸기》 등 네 권의 시집과 산문집 《내 인생의 밥상》, 소설 《바다와 커피》를 펴냈습니다.

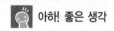

일기를 써요!

저는 여섯 살 때부터 일기를 썼습니다. 말도 안 되는 짧은 글이었지만 그래도 꾸준히 썼어요. 그래서 문장력이 좋다는 칭찬도 받았고요. 초등학교 3학년이 되어 일기 쓸 주제를 고민하다 일기에 대해 찾아봤는데, 42년 동안 일기를 써온 사람의 이야기를 읽게 됐습니다. 목에 뭔가 콱 막히는 느낌이 들면서 전 아직 멀었다고 생각했죠. 하지만 '아림아, 네가 열심히 쓴다면 42년 동안 쓴 그 사람의 일기보다 더 값진 너만의 책이 되는 거야!'라는 신념으로 계속 쓰기로 했습니다. 좋은님들도 일기를 써보시는 게 어때요? 나중에 추억들을 들춰보고 행복한 기분을 느낄 수 있어요.

방아림 님 / 광주시 북구 두암동

세상에 하나뿐인 감동의 청첩장

 청첩장 보낼 사람들을 쭉 적어보니 200여 명은 족히 되었다. 지금까지 살아오면서 알게 된, 내 결혼 소식을 꼭 전하고 싶은 소중한 분들이었다. 나는 20여 일 동안 퇴근한 뒤 새벽까지 주소 작업을 했다. 청첩장 받을 사람들과 함께한 추억을 생각하며 작은 메모지에 정성스럽게 편지도 썼다. 결혼하고 3개월 뒤, 그날 예식장에서 있었던 일에 대해 듣게 되었다. 한 남자 선배가 들뜬 목소리로 "야! 해란이가 청첩장에 자필로 편지까지 써서 보냈더라" 했는데, 그 자리에 있던 모든 사람들이 "우리 다 그렇게 받았어"라고 해서 웃음바다가 되었단다. 아기 돌잔치 초대장도 특별하게 꾸며볼까?

임해란 님 / 대전시 대덕구 중리동

나는 행복합니다

나는 초등학교 교사입니다. 우리 반 아이들은 일기를 다 쓴 뒤에, "나는 행복합니다. 왜냐하면…"이라는 형식으로 하루에 한 가지씩 행복한 이유를 찾습니다. 한 달 동안은 '3학년이 되었기 때문입니다, 내가 태어났기 때문입니다, 지구가 있기 때문입니다'처럼 아주 간단한 것만 적더니 요즘은 말이 조금씩 길어지고 있습니다. '나를 괴롭히긴 하지만 귀여운 동생이 있기 때문입니다, 장난감을 갖고 놀던 옛 추억이 있기 때문입니다, 작별도 한 번 해보았기 때문입니다, 상상으로 모든 것을 해볼 수 있기 때문입니다' 등등. 이러다가 우리 3반 아이들 다 무지 행복한 사람이 될 것 같습니다.

박신옥 님 / 대구시 동구 신천동

● 원고모집!

모두가 행복해지는 노하우, 나만 알고 있어 나누고 싶은 지식, 함께 살아가기 위한 제안! 나와 너, 우리를 위한 좋은 생각을 보내주세요. 좋은 생각이 모이고 퍼져 아름다운 세상을 만듭니다. 원고가 채택되신 분께 작은 선물을 드립니다.

분실물

김기선 님 택시 기사

택시영업을 하다 보면 손님이 두고 내린 물건 때문에 곤란한 경우가 가끔 생긴다. 우산이나 간단한 소모품 정도면 아예 포기하지만 서류나 본인에게 꼭 필요한 물건은 찾아주고 싶다. 하지만 전해줄 방법이 없어서 난감할 때가 생긴다. 또한 반대로 손님의 입장에서는 찾을 방법이 없어 답답할 것이다. 이런 경우를 위하여 분실물 신고센터가 있지만 시간을 내서 찾아야 하는 불편이 있어 현실적으로 이곳을 이용하는 경우는 드물다. 지난달 자정이 가까운 시간에 선릉역에서 상계동까지 택시를 이용한 30대 후반의 술 취한 손님이 큰 보따리 한 개를 들고 택시를 탔다.

타자마자 목적지에 도착할 때까지 친구들과 언성을 높이며 통화를 계속 하다가 흥분한 상태로 내렸다. 나는 강남으로 다시 돌아와 다른 손님을 모셨는데 그 손님이 타면서 이게 무슨 보따리냐고 묻기에 뒤를 보니 앞에 탔던 손님의 보따리였다. 다음 날 연락처를 찾기 위해 보따리를 풀어 뒤져봐도 찾을 만한 근거가 나오질 않았다. 할 수 없이 가지고 다니다 포기하고 자동차 공업사의 직원이나 주려고 본래 보따리가 들어 있던 비닐봉지에 넣어 건네주려는 순간 볼펜으로 조그맣게 적은 전화번호가 눈에 띄었다. 혹시나 하며 연락을 해보니 본인은 아니고 며칠 전 그 봉투를 동료직원에게 주었다는 것이다. 몇 차례 통화 끝에 보따리 주인을 찾았다. 어쩌나 반가웠는지 모른다. 서초동의 사무실 위치를 확인한 뒤 찾아가기로 약속했다.

마침 오후에 그 근처로 가는 손님이 있어 내려드리고 회사 앞 건물에 도착해 연락을 하니 잠시 뒤 회사 제복을 입은 여직원이 내려왔다. 과장님 심부름으로 왔다는 말에 보따리를 주면서 묘한 허탈감을 느꼈다. 물론 사례를 바라고 온 게 아니고 단지 주인을 찾았다는 기쁜 마음으로 왔는데도 말이다. 본인이 직접 내려와서 잃어버린 물건을 찾았다며 흐뭇해하는 모습으로 정중한 감사의 인사를 하길 기대했는지도 모르겠다. 그 손님이 경우를 잘 몰랐거나 혹시 사례에 대한 부담을 피하기 위해 심부름을 시켰는지는 몰라도, 조그만 성의와 진실한 말 한마디로 상대방의 순수한 마음을 이해하고 감사할 줄 아는 사회가 되었으면 한다.

김기선 님은 40년 동안 금융인으로 일했습니다. 2001년 영풍상호저축은행의 대표이사 자리를 박차고 나와 영업용 택시 기사로 전업, 신바람 나는 인생의 2막을 만들어가고 있습니다. 택시 운전을 하며 겪은 다양한 이야기를 담아 《즐거워라 택시인생》을 펴냈습니다.

내 인생 최고의 행복은 아내입니다

서진영 님(가명) / 경기도 군포시 산본동

"그래, 멋지게 한번 해보는 거야."

절친했던 친구와 한날한시에 다니던 직장을 그만두고 퇴직금을 비롯한 모든 재산을 끌어들여서 회사를 차렸습니다. 하지만 사업은 계획대로 잘 진행되지 않았습니다. 아내 몰래 집을 담보로 대출도 받고 차도 헐값에 넘기며 회사에 모든 걸 쏟아부었지만 밑 빠진 독에 물 붓기였습니다. 사업이 뜻대로 풀리지 않자 친구와도 점점 부딪치는 일이 많아졌습니다. 서로에게 잘못을 떠넘기며 매일같이 목소리를 높였죠. 힘을 합쳐도 모자랄 판에 우리의 관계는 좀처럼 회복되지 않았습니다.

괜히 사업을 시작해서 친구까지 잃게 된 건 아닌지 후회하며 잠 못 이룬 어느 날, 재고 물건을 수거하러 가던 길에 나는 그만 졸음운전으로 사람을 치고 말았습니다.

시골에 계신 어머니께서 당신의 유일한 재산이던 논밭을 팔아 합의를 해주신 덕분에 구치소에서 나온 나는 이번 일을 계기로 더 열심히 살자고 다짐했습니다. 하지만 내가 자리를 비운 사이 친구는 회사를 정리했고, 내 앞으로 빚만 잔뜩 남겨둔 채 잠적해

버렸습니다. 결국 빚 때문에 또 구치소에 들어가야 했죠. 믿을 수 없는 상황에 친구 녀석이 죽도록 원망스러웠습니다. 무엇보다 가슴 아파할 어머니와 아내가 맘에 걸려 하루하루 속이 새까맣게 타들어갔습니다.

그러던 어느 날, 어제까지만 해도 내게 용기를 주던 아내가 찾아와 이혼을 요구했습니다. 아내의 마음을 충분히 이해하고도 남았던 나는 뜻대로 하라는 말을 남기고 돌아섰습니다. 매일 밤을 눈물로 지새웠죠. 그러나 아무리 울고 후회해도 시간은 되돌려지지 않더군요.

어느덧 시간이 흘러 일 년 반 만에 그 지긋지긋한 곳에서 벗어났습니다. 그동안 나 때문에 어머니가 받았을 경제적, 정신적 고통을 생각하니 잠시라도 쉴 수 없었습니다. 그래서 바로 일을 시작했죠. 공사장을 전전하며 어머니 약값이라도 벌려고 발버둥쳤습니다. 하루는 어머니가 전혀 뜻밖의 말씀을 하셨습니다. 내가 없는 동안 아내가 어머니께 다달이 돈을 보내주었다는 얘기였습니다. 이혼한 뒤에도 어머니를 돌봐주었다는 사실이 고마우면서도 한편 매달 무슨 수

로 돈을 보냈을지 의문이 들었습니다.

며칠을 고민하다 처가에 찾아갔지만 아내는 없었습니다. 장모님은 나를 보자마자 엉엉 우셨고, 처남은 나에게 충격적인 얘기를 들려줬습니다. 아내가 아이들과 어머니를 돌보기 위해 술집에서 일을 한다는 것이었습니다.

처남의 도움으로 어렵게 아내를 만났습니다. 화려한 불빛 아래서 웃음을 파는 아내의 모습에 눈앞이 캄캄했습니다. 나는 아내에게 한 마디도 하지 못했고 아내 역시 나를 외면했습니다. 그리고 또 찾아오는 게 싫었던지 아무 말도 없이 딴 곳으로 옮겨버렸습니다. 여전히 매달 어머니와 아이들에게는 돈을 보내주었죠.

어떻게든 아내를 찾아서 용서를 빌고 싶었습니다. 아내의 전 업주를 석 달 넘게 졸라 아내가 있는 곳을 겨우 알아냈습니다. 또다시 가방을 싸려던 아내 앞에서 제발 도망가지 말라고 애원하며 빌었습니다. 아내가 마음을 돌리지 않자 난 아예 그곳에 일자리를 얻었습니다. 반년 넘게 아내 곁을 지키며 날마다 설득한 끝에 아내를 데리고

집으로 돌아올 수 있었습니다.

우리는 어둠의 긴 터널을 빠져나와 다시 부부가 되었습니다. 이젠 더 이상 아내와 식구들 눈에 눈물 흘리게 하고 싶지 않습니다. 평생 사랑하며 아내 가슴에 박힌 못들을 하나씩 빼주고 싶습니다. 다시 돌아와준 아내와 가족을 위해 적금도 들었고, 아내에게 다시 하얀 면사포를 씌워주려는 계획도 몰래 세워놨습니다. 욕심 부리지 않고 열심히 노력하며 살겠습니다. 아내가 옆에 있는 지금, 나는 행복합니다.

'그러나…' 수기를 모집합니다 200자 원고지 15~20장 분량으로 언제든지 보내주십시오. 채택된 분에게는 50만 원을, 어려움이 있는 다섯 분에게는 각 10만 원씩 전해 드립니다. 수기를 보내 주신 모든 분께는 「좋은생각」 한 권과 수건을 드립니다. 원고의 판권은 본사가 소유하며 원고는 반환하지 않습니다. 가명으로 실릴 수 있으니 이름과 주소, 전화번호를 정확히 적어주십시오.

당신은 어느 쪽인가요

엘러 휠러 윌콕스 · 번역 장영희

오늘날 세상엔 두 부류의 사람들이 있지요.
부자와 빈자는 아니에요. 한 사람의 재산을 평가하려면
그의 양심과 건강 상태를 먼저 알아야 하니까요.
겸손한 사람과 거만한 사람도 아니에요. 짧은 인생에서
잘난 척하며 사는 이는 사람으로 칠 수 없잖아요.
행복한 사람과 불행한 사람도 아니지요. 유수 같은 세월
누구나 웃을 때도, 눈물 흘릴 때도 있으니까요.

아니죠. 내가 말하는 이 세상 사람의 두 부류란
짐 들어주는 자와 비스듬히 기대는 자랍니다.
당신은 어느 쪽인가요? 무거운 짐을 지고
힘겹게 가는 이의 짐을 들어주는 사람인가요?
아니면 남에게 당신 몫의 짐을 지우고
걱정 근심 끼치는 기대는 사람인가요?

6월 둘째주

생각 디딤돌

6월의 햇볕은 의욕과 투지의 상징입니다. 반짝반짝, 쨍쨍한 그 느낌이 우리에게 무언가 도전하라고 채근하는 듯합니다. 좌절과 실패를 떨쳐버리고 성공을 위해 새롭게 시작할 수 있는 나만의 도전기를 한번 짜보세요.

11 일요일

12 월요일

13 화요일

14 수요일

15 목요일 · 음 5.20

16 금요일

17 토요일

일	월	화	수	목	금	토
					1	2	3
4	5	6	7	8	9	10
11	12	13	14	15	16	17
18	19	20	21	22	23	24
25	26	27	28	29	30	

일요일

11

오늘의 만남

늙은 책들

윤준호 님 서울예대 광고창작과 교수

 평화는 폭력에 의해 유지될 수 없다. 그것은 오직 이해를 통해서만 유지될 수 있는 것이다. (아인슈타인)

대청소를 하거나 집을 옮기게 될 때면 슬며시 일어나는 갈등 하나가 있다. 어떤 물건을 버리고 가려는 마음과 가져가려는 마음의 대립이다. 혼자만의 고민인 경우도 있지만, 대개는 가족 간의 팽팽한 줄다리기다. 이젠 제발 그런 허접한 물건들과는 헤어지자, 아니다 이런 물건도 막상 없어지면 아쉬워진다 하면서 옥신각신하게 되는 것이다. 우리 집은 주로 책을 놓고 그런 실랑이를 벌이기 일쑤다. 워낙 오래되어서 부서질 것 같은 책, 글씨도 희미해져서 읽을 수도 없게 된 책, 세로짜기(縱組)인데다 글씨도 깨알 같아서 보기 힘든 책, 도서관에 기증을 한다 해도 반가워하지 않을 책, 쓰레기로 내놓아도 집어갈 사람이 없을 책.

그런 책들 한두 권 없는 집이 어디 있으랴만, 우리 집은 정도가 심하다. 그 중에 상당수는 내가 '꼬마책'이라고 부르는 문고본(文庫本)들. 이를테면 을유문고, 서문문고, 박영문고, 정음문고, 범우문고, 삼중당문고 따위 손바닥 크기의 책들이다. 수백 권이나 되는 그 작은 책들은 이사를 할 때마다 천덕꾸러기가 되기 십상이다. 언젠가는 아내의 간곡한 권유에 못 이겨, 버리려고 밖으로 내놓았던 적도 있었다. 그러나, 불과 몇 시간 만에 원위치! 헤어지기 싫어하는 연인처럼 그것들이 나를 붙잡고 늘어졌다. (사실은 내가 그런 것이지만!) 결론은, 나는 그것들을 버릴 수가 없다는 것이다. 비유컨대 그것들은 내 '글 농사'의 첫 번째 종자(種子)였다. 거기서 받은 지혜의 씨앗들이 빈곤한 내 생각의 밭을 제법 풍성하게 만들어주었다. 하여, 그것들은 내게 고맙기 짝이 없는 물건들이다. 세월이 그것들을 볼품없는 모습으로 만들어버렸으나, 내 눈에는 아직도 그것들이 그렇게 늙고 추한 것으로 비치진 않는다.

그것들은 아직도 내 열대여섯 살 기억의 주머니에 꽂혀서, 변함없이 아름다운 생각의 곳간 구실을 한다. 그렇다고 해서 추억 속에서만 살아 숨 쉬는 것은 아니다. 요즘도 여전히 나의 주머니 속을 들락거리는 '생물(生物)'이다. 그것들의 영혼은 여전히 아름답고 성성한 청춘이다. 덕분에 나는 아주 쉽게 삼십년 전의 길로 돌아간다. 그 길에서 만나던 사람들을 다시 만난다. 아니, 그 시절의 나와 밀회(密會)를 즐긴다. 다른 사람에게는 시시하고 우스워보일지 모르나 자신에게는 한없이 귀하고 소중한 물건, 그것이 보물이 아니고 무엇이랴.

오늘의
생각

나머지 황금 때문에

어느 마을에 성실한 농부가 살고 있었다. 그가 가꾸는 작물은 주인의 부지런함 덕분에 가장 튼튼하게 자랐다. 농부는 절약이 몸에 밴 사람이었지만 어려운 사람들을 돕는 마음 씀씀이 만큼은 후했다.

어느 날 밤, 농부는 자기 밭에서 황금 덩어리 열 개를 캐는 꿈을 꾸었다. 황금 덩어리를 세어보고 또 세어보며 덩실덩실 춤을 추다가 깨어났다. 꿈이 어찌나 생생하던지 농부의 손에는 여전히 황금을 만졌던 감촉이 남아 있는 듯했다.

이튿날 농부는 여느 날과 다름없이 밭으로 나가 풀을 뽑았다. 그런데 놀랍게도 호미 끝에 무엇인가 부딪히는 것이었다. 흙을 파보니 황금 덩어리 하나가 묻혀 있었다. 농부가 황금을 들고 집으로 달려가서 식구들에게 어젯밤에 황금 캐는 꿈을 꾸었는데 실제로 밭에서 황금을 발견했다고 하자 식구들은 기뻐서 어쩔 줄 몰라 했다.

그런데 농부의 얼굴이 갑자기 어두워졌다. 기뻐하던 식구들은 굳어진 농부의 얼굴을 보고 말했다.

"이제 우린 부자가 됐는데, 뭘 그렇게 걱정하는 거예요?"

그러자 농부가 대답했다.

"어젯밤 꿈에는 분명 황금이 열 개였단 말이오. 나머지 아홉 개는 어디 묻혀 있을까? 혹시라도 그걸 모두 찾지 못하면 어쩌지?"

욕심이 없던 농부의 마음도 직접 만져본 황금 하나에 무너지고 말았다.

편집부

공짜 심리

교통 혼잡이 예상되는데도 '공짜'라는 말에 사람들이 우르르 몰려가는 것은 '문간에 발 들여놓기' 효과 때문이다. 재밌겠다는 호기심과 기대심리가 커지면, 사람들은 합리적 판단을 하지 못한다. 결국 두 개의 상반된 선택 조건이 존재할 경우 기대심리가 더 큰 쪽으로 행동한다.

작은 씨앗

🌐 인생은 반복된 생활이다. 좋은 일을 반복하면 좋은 인생을, 나쁜 일을 반복하면 불행한 인생을 보내는 것이다. (W. NL. 영안)

헐값에 팔린 '대박' 아이디어

"**아** 깝다! 아까워!" 누군가 후회하며 한숨짓는 소리가 들린다. 가만 듣자 하니 한두 명이 아니다. 서로 자기 얘기 좀 들어 달라 아우성인 그들을 한 줄로 세워놓고 차근차근 물어봤다. "그래, 뭐가 아깝다는 거죠?" 코카콜라를 발명했다는 존 펨버턴이 먼저 대답했다.

"1886년, 약사였던 저는 5년의 연구 끝에 콜라를 개발했어요. 약국에서 한 잔에 5센트씩 받고 팔았더니 반응이 좋더군요. 그래서 아사 캔들러라는 사업가에게 2천 3백 달러(약 3백만 원)를 받고 제조 특허권을 팔았어요. 그땐 콜라가 세계적인 음료가 될 줄 몰랐거든요!"

쯧쯧, 말 그대로 '재주는 곰이 넘고 돈은 왕 서방이 챙긴' 경우다. 다음은 누구?

"혹시 쿠바의 혁명가 체 게바라의 사진을 찍어 유명해진 사진작가 알베르토 코르다를 아시오? 그게 바로 나요. 그런데, 나는 그 사진으로 한 푼도 못 벌었소. 7년 동안 잘 보관해온 사진이었는데, 이탈리아 기자의 호평에 기분이 좋아 그만 그에게 선물로 줘버렸소. 그런데….."

몇 달 뒤, 공교롭게도 체 게바라가 총살형을 당했다. 그 사진은 신문에 대문짝만하게 실렸고, 이후 좌파 운동의 상징이 되어 전 세계에 깃발, 포스터 등의 형태로 수백만 장이 뿌려졌다. 그렇다고 이탈리아 기자가 돈을 번 것은 아니었다. 다만 최초로 게재한 신문사만 사진 제공료 명목으로 큰 이익을 얻었을 뿐!

계약서를 제대로 안 봐서 돈방석을 놓친 사람도 있었다. 만화 《슈퍼맨》의 원작자인 제리와 조. 원고를 숱하게 거절당하다가 드디어 한 잡지사와 계약을 맺었다.

"연재 계약금이 130달러였어요. 백수였던 우리에겐 큰돈이었죠. 그런데 그게 슈퍼맨에 대한 모든 권리를 포기하는 값이었다니! 나중에 그 사실을 알고 땅을 쳤죠."

괜한 땅을 친들 무슨 소용인가. 나이키 로고 디자인을 35달러에 넘긴 캐럴라인 데이비슨도, 맥도날드 프랜차이즈 권리를 950달러에 팔아버린 맥도날드 형제도 놓친 행운에 그저 입맛만 다실 뿐. 그런데 그 뒤에서 조용히 웃음 짓는 사람이 있다. 노란 얼굴에 웃는 입, 까만 점 두 개, 바로 스마일 마크를 디자인한 하베이 R. 볼. 그는 단 45달러를 벌었을 뿐이지만, 덕분에 전 세계 사람들은 도안을 무료로 이용할 수 있었고, 그의 장례식장엔 수많은 감사 편지가 도착했다.   *김선례 기자*

이젠 미련을 버리고

15년 전, 나는 학교 복학을 앞두고 등록금이라도 벌어볼 요량으로 막노동을 했습니다. 제대한 지 얼마 안 된 건강한 육체를 자랑했지만, 막노동이 생각처럼 쉽지는 않더군요. 첫날은 허리만 아프더니 다음 날은 팔다리가, 나중엔 온몸에 모래주머니를 달아놓은 듯 무겁고 힘들어 죽을 지경이었습니다. 그렇게 한 달을 버텨 33만 원이란 돈을 벌었습니다. 그 돈을 좀 더 발전적인 일에 쓸 수 없을까 고민하다가 자격증을 따기로 결심했습니다.

신문에서 손해사정인 자격증에 대한 광고를 보고 문의전화를 했습니다. 이것저것 물어보고 전화를 끊으려고 하자 상담원이 무슨 남자가 그렇게 용기가 없냐고 나를 다그치는 겁니다. 남자가 칼을 뽑았으면 썩은 무라도 찔러야지, 라는 말을 듣고 홧김에 그만 주문하고 말았습니다.

교재와 테이프까지 해서 30만 원. 얼떨결에 벌인 일이지만, 교재를 받고 나머지 3만 원으로 독서실에 들어갔습니다. 소중한 돈을 헛되이 쓰지 않겠다는 각오로 열심히 공부하려 했습니다.

그러나 책 한 권도 제대로 보지 않은 채 공부를 접었습니다. 학교 복학해서 적응하기도 바쁜데 무슨 자격증 준비냐면서 스스로 포기를 합리화했습니다. 그 뒤 결혼하고 이사도 했지만 허망하게 돈을 내버린 내 자신을 책망해서인지 그때의 교재와 테이프를 계속 가지고 있었습니다. 그러다 얼마 전 집을 새롭게 정리하면서 미련을 접기로 했습니다. 마음속에 남아 있던 돈에 대한 아까움까지.

자신의 어리석음에 대한 반성인지 아니면 미련 때문인지 바람에 나부끼는 책 표지가 나를 간절히 부르고 있는 것 같았지만 그냥 돌아섰습니다.

장수덕 님 / 대전시 서구 만년동

선글라스의 유래

1930년대 조종사들은 고공비행 중 강렬한 햇빛 때문에 두통과 구토증으로 몹시 괴로웠다. 그래서 존 맥클레디 육군항공단 중위는 안경을 만드는 바슈롬 사에 보호안경 제작을 의뢰했다. 그것이 최초의 선글라스인 레이 밴 녹색렌즈. 1936년부터 상업적인 용도로도 선글라스가 생산됐다.

작은 씨앗

🏀 쓰러질지언정 무릎은 꿇지 않는다. (박지성)

파란만장
월드컵 기록실

월드컵 본선 진출을 위해 가장 비싼 대가를 치른
나라는? 브라질 국기가 바뀔 뻔했다? 2006 독일
월드컵 공인구의 비밀은? 개가 물어다 준 우승컵에는
어떤 사연이? 올해로 18회를 맞는 월드컵 축구사 속에
숨어 있는 파란만장 월드컵 뒷담화. 얘기는 이렇다.

1970년 멕시코월드컵 예선전. 평소 국경분쟁으로 감
정이 좋지 않았던 온두라스와 엘살바도르가 본선 진출
권을 놓고 시합을 벌였다. 온두라스에서 열린 1차전은
홈팀인 온두라스가 이기며 1승을 먼저 챙겼다. 문제는
엘살바도르에서 열린 2차전. 두 나라 응원단 간에 난투극이 벌어졌다. 이 일로 온
두라스 응원단들이 피투성이로 쫓겨났고, 이에 격분한 온두라스 국민들은 엘살바
도르 이민자들을 상대로 살인, 약탈, 방화를 저지른다. 멕시코에서의 3차전. 엘살
바도르가 연장 접전 끝에 본선 진출권을 따냈으나 엘살바도르는 온두라스에 선전
포고를 하며 전쟁을 일으켰다. 5일간 치러진 이 전쟁에서 수천여 명의 사람들이 목
숨을 잃었으니, 엘살바도르는 월드컵 역사에서 가장 값비싼 본선 진출권을 획득한
꼴이 됐다. 그러나 본선 성적은 3패로 예선 탈락.

반면, 브라질은 1970년 멕시코월드컵에서 세 번째 우승을 차지함으로써 우승컵
을 영구 소유하게 되었다. 이때 브라질 국회는 매우 엉뚱한(?) 법안을 놓고 고심 중
이었다. 우승컵을 영구 소유하게 된 기념으로 브라질 국기에 그려진 지구본을 축
구공으로 대체하자는 게 그것. 결과는? 불행인지 다행인지 국회에서 근소한 표차
로 부결되었다. 한편, 1966년 잉글랜드월드컵은 우승컵 실종사건으로 개막 전부터
주목을 받았다. 영국 정부는 노심초사했고, 거의 찾기를 포기할 무렵, 어느 농가에
서 키우던 개가 우승컵을 물고 나타난 것이 아닌가! 십년감수! 개 주인은 3천 파운
드(약 6백만 원)의 보상금을 받았다.

돼지 오줌보에서 시작된 축구공 역시 이야깃거리가 많다. 1970년 멕시코월드컵
부터 공인구를 사용하기 시작해 아홉 번 모습이 바뀐 월드컵 축구공은 2006년 독
일월드컵에서 '팀가이스트' 라는 이름의 새로운 공인구로 변화를 시도했다. 열번
째 공인구 팀가이스트에는 비밀이 숨어 있는데, 경기하는 팀과 날짜, 경기 도시와
경기장 이름, 킥오프타임 등이 공에 새겨져 있다.

한윤정 기자

나무 위에서의 생활, 738일

줄리아 버터플라이 힐은 22세 되던 해에 교통사고를 당했다. 1년 동안 치료를 받은 뒤 휴식을 위해 여행을 하다가 벌목 위기에 처한 삼나무 숲을 만나면서 그녀의 인생은 달라졌다.

삼나무 숲의 나무들 몸에는 벌목 대상의 표시로 푸른색이 칠해져 있었다. 천 년 된 삼나무 '루나' 역시 푸른색이 표시돼 있었다. 그것은 루나가 곧 베일 운명이라는 의미였다. 지난 천 년 동안 거센 바람과 싸워 이겨냈고 수십 차례 일어난 산불에서도 살아남았지만, 결국 인간의 손에 의해 잘릴 위기에 처한 것이다.

그녀는 루나를 지키기 위해 나무 위에서 생활하기로 결심했다. 나무 위에 올라감으로써 나무가 베이는 것을 막고, 벌목의 속도를 늦추면서 나무를 지키자는 여론을 환기시키려는 마음에서였다.

그녀는 지상에서 55미터나 되는 루나의 나뭇가지에 가로 180센티미터 세로 240센티미터 크기의 작은 오두막을 짓고 그 속에서만 생활했다. 비바람과 함께 몰아치는 폭풍은 생존을 위협하기에 충분했다. 목재회사는 나무 바로 위로 헬리콥터를 띄워서 강력한 바람을 일으키며 괴롭혔다.

2년의 시간이 흐르고 그녀의 그런 생활이 각종 언론을 통해 알려졌다. 결국 목재회사는 루나를 영구히 보호하고 그 주변에 6미터의 영구완충지대를 설정한다는 서류에 도장을 찍었다. 마침내 줄리아는 738일 만에 루나에서 내려왔다. 그녀는 모든 생명이 보호받고 존중받아야 한다는 신념을 지켜냈다.

루나를 잘릴 위기에서 구한 것은 줄리아지만, 줄리아에게 진정한 삶의 방향을 제시해 준 것은 루나 즉, 자연이었다. 그녀는 나무 위에서 내려온 뒤에도 여전히 환경 보호를 위해 활약하고 있다.

편집부

철보다 강한 나무

열차의 안전은 나무가 지킨다. '철목'이라고 불리는 아이언우드는 강철만큼 단단해서 철도 침목으로 쓰이기 때문이다. 동남아 늪지대에서 자라는 철목은 습기에 강해 잘 썩지 않고, 페놀 성분 덕분에 방충효과까지 있다. 철목은 고유의 강도와 검은색 때문에 검도용 목검의 재료로도 사용된다.

작은 씨앗

🌀 문제를 해결하는 첫걸음은 그것을 누군가에게 털어놓는 것이다.
(존 피터 플린)

정미찾기 모둠

김대유 님 서문여중 교사

정미가 가출했다. 벌써 두 번째다. 가정방문을 해
도 뾰족한 수가 없다. 마음이 굳어진 정미는 중
학교 2학년 또래가 저지를 수 있는 범죄(?)를 두루 섭렵
한 상태다. 학교폭력으로 생활지도부의 단골손님이 되
었고, 지나친 음주와 흡연으로 건강도 나빠져 있다. 이
번에는 다시 찾기 어렵다는 판단이 들었다. 습관성 가
출은 탈학교로 이어지기 일쑤이기 때문이다.

애가 타는 것은 담임이지, 아이들이 아니다. 아이들
에게 정미는 메기 같은 존재일 뿐이다. 사고만 치는 정
미를 누가 좋아하겠는가? 하지만 이번에는 나도 혼자서 찾으려고 뛰어다니지 않
았다. 대신 7일이라는 한시적 D-day를 정하고 칠판에 공개적으로 게시해 카운트
다운을 시작했다. 7일 안에 정미를 찾지 못하면 포기한다는 뜻이다.

첫날만 해도 아이들은 무관심했다. 둘째 날에는 다솜이를 비롯해 4명의 친구들
이 '정미찾기 모둠'을 구성했다. 아이들의 눈빛에 조금 호기심이 비쳤다. 셋째 날
에는 그들이 다른 학급을 기웃거리며 가출의 흔적을 더듬기 시작했다. 아마 가정
방문도 하는 눈치다. 넷째 날에는 정미의 이웃 학교 친구들을 추적한 모양이다. 다
른 아이들은 슬쩍슬쩍 모둠의 활동을 훔쳐본다. 다섯째 날이 밝아왔다. 아직 정미
의 그림자도 찾지 못했는데 모둠은 어느새 지쳐 보인다. 이제 뭔가를 결단해야 하
는 것이다. 여섯째 날 아침, 모둠은 아이들에게 실패를 보고해야만 했다. 엷은 기
대감으로 들떠 있던 분위기가 착 가라앉는다. 그러면 그렇지! 하는 표정들이다.

그때 다솜이가 당차게 고개를 들어 '정미를 찾기 위한 기도 릴레이 편성'을 제안
한다. 곧 기도 모임은 종교별로 짜여졌다. 기독교, 천주교, 불교, 토테미즘에 이르
기까지 기도조가 만들어졌다. D-day도 3일 더 연장됐다. 시간이 흘렀다. 그래도
정미는 돌아오지 않았다. 열흘째 날에 담임은 '포기 선언'을 했다. 아무 관심도 없
던 아이들의 눈빛에 말할 수 없는 아쉬움과 섭섭함이 어린다. 과정을 함께 만든 자
들만이 느낄 수 있는 공감대의 형성이다. 실패의 의식이 치러진 다음 날 정미는 돌
아왔다. 뭔가 달라진 느낌에 정미가 긴장한다. 잔잔하지만 깊은 애정이 담긴 친구
들의 시선, 칠판에 벌로 쓰는 '오늘의 명언'에 분홍색 분필로 별표를 해주는 아이
들, 때로 학급은 깊은 우물처럼 그리움을 만든다.

도둑이 놓고 간 크레파스

초등학교 때 일이다. 주말 저녁, 가족들과 함께 거실에 옹기종기 모여 이야기를 나누고 있었다. 그때 슬며시 대문 열리는 소리가 들리더니 마당에 있던 강아지가 짖기 시작했다. 문쪽을 바라봤더니 한 남자가 고개를 내밀고 있는 게 아닌가. 우리와 눈이 마주친 남자는 소스라치게 놀라며 도망쳤다.

"도둑이다!"

얼른 밖으로 나가신 아버지가 "도둑놈! 인생을 그렇게 살면 되겠느냐"고 야단을 치며 쫓아갔지만 그는 담을 훌쩍 넘어 달아나버렸다.

동생과 나는 두려움이 조금 가라앉자 밖으로 나가 보았다. 아버지가 종이가방을 들고 멍하니 서 계셨다. 남자가 놓고 간 물건인 듯했다.

나는 당연히 다른 집에서 훔친 돈이나 값비싼 물건이려니 생각했다. 하지만 종이가방 안을 들여다본 순간 나도 할 말을 잃었다. 그 안에는 색연필 몇 통과 크레파스, 스케치북 몇 개가 들어 있었다.

가족 어느 누구도 말을 하지 않았지만 우리는 알고 있었다. 자식에게 학용품 하나 사줄 형편이 안 되는 어느 아버지가 잠시 양심을 속이고 그런 행동을 강행했다는 것을.

우리 가족은 남자가 물건을 찾아가길 바라는 마음에 대문 앞에 종이가방을 놓아두었다. 그러나 그는 다시 오지 않았다. 가난이 죄가 아니라지만 가난으로 인해 죄를 범할 수밖에 없었던 현실이 안타깝기만 했다.

정정숙 님 / 부산시 영도구 청학동

알렌의 법칙

체온유지에 유리하도록 외부에 노출되는 신체 면적을 줄이려는 자연법칙. 극지방 동물의 돌출된 신체 부위가 작은 것도 그 때문이다. 한국인이 속한 몽골리안의 가는 눈, 뭉툭한 코, 짧은 다리도 추위 적응과정에서 생긴 특징이며, 체모가 적은 것도 습기가 차 얼어붙을 틈을 주지 않기 위해서다.

작은 씨앗

🌸 잘 싸우는 자는 쉽게 노하지 않고, 잘 이기는 자는 쉽게 싸우지 않는다. (노자)

해토머리를 돌아보며

서연 님 농부

겨우내 얼었던 땅이 풀리는 초봄 무렵을 '해토머리' 라 한다. 같은 의미의 말로는 '따지기 때' 도 있다. 언 땅이 녹아 질어지는 때라는 뜻이다. 이곳 산골은 겨울이 잿길처럼 길어 3월 하순쯤 되어야 '해토머리' 에 이른다. '해토머리' 는 농사가 아직 시작되기 전이지만, 일거리를 찾자면 그때 나름대로 손이 바쁘다. 집을 둘러싼 토담과 들녘의 논둑, 밭둑이 튼실한지도 살펴보아야 한다. 언 땅이 풀리다 보면 담이나 둑이 무너져 내리는 일이 종종 있기 때문이다.

씨감자를 햇볕에 널어놓고, 뒤란의 허물어진 토담을 손질했다. 부슬부슬한 흙은 담벼락에 잘 달라붙지 않았다. 결국 흙에 물을 붓고 반죽을 했다. 작업이 번거로웠다. 문득 얼마 전 이웃집의 약초꾼 어르신이 토담을 손질하던 풍경이 떠올랐다. 그 어르신은 담 주변의 흙을 퍼서 그대로 담벼락에 발랐다. '해토머리' 의 흙은 땅이 막 녹기 시작한 무렵의 흙인 탓에 그 자체로 반죽이 잘 되어 있다. 나처럼 게으름을 피우다가 '해토머리' 를 놓치면 이미 땅은 마르고 만다. 본래 토목 일이 손방인 나는 어르신과 같은 농익은 지혜도 없어 이래저래 애만 먹었다. '가리사니를 못 잡는 농투성이' 라는 게 나 같은 농사꾼을 두고 한 말임이 틀림없는 것 같다.

토담을 손질하던 그 어르신은 그날 담 밑에 거름도 두툼하니 덮어놓았는데, 이번에 보니 그곳에는 야생 부추와 참취가 돋아 있었다. 부추와 참취는 이곳 산골의 봄풀 중 가장 빨리 올라오는 풀들이다. 부추도 참취도 잎이 짙푸르고 무성했다. 부추와 참취가 풀숲을 이룰 만큼 자라서 지상을 덮어버리니 다른 풀들은 아예 돋지도 못했다. 내 거처의 뒤란 담 밑에도 야생 부추가 자란다. 그 부추들을 볼 낯이 없다. 부추가 허약하기 짝이 없었다. 부추 포기 사이로 다른 풀들도 많이 돋아났다.

봄이 오는 낌새를 눈치 채고 그간에 산행을 곧잘 해왔다. 진달래의 붉은 꽃물이 든 앞산의 치맛자락을 들춰보다가 그곳에서 솜다리와 제비꽃, 산괴불주머니, 양지꽃도 만나고, 몸져눕고 싶을 만큼 반가운 구슬붕이의 연보라색 꽃들도 해후했다. '농사꾼이 봄꽃에 한눈을 팔면, 보리밭의 별꽃풀이 환갑을 쇤다' 는 말이 있다. 농부가 제 할 일을 못하면 하다못해 밭도 풀밭이 된다는 경구이다. 그동안 내가 봄날의 풀꽃에 너무 취했던가.

신뢰받을 수만 있다면

이 세상은 보이지 않는 질서에 의해 수많은 톱니바퀴가 맞물려 돌아간다. 그 질서는 힘의 논리로 설명되기도 하지만 사실 더 중요한 것은 따로 있다. 바로 '신뢰'이다. 미국의 힐러리 클린턴 상원의원은 남편이 대통령이던 시절에 교훈 하나를 얻었다고 말했다. 세계의 수많은 나라들이 서로 다른 이념을 추구했지만 각 나라 대표들 사이에 신뢰감만 있으면 협력이 가능했다는 것이다.

세계에서 두 번째 부자이자 주식투자가인 워렌 버핏도 신뢰를 가장 중요하게 생각했다. 한번은 워렌 버핏이 골프를 치는데 상대가 내기를 제안했다. 먼저 점수를 내는 쪽에 2달러를 주자는 것이다. 그러나 버핏은 한마디로 거절했다.

"확률이 낮은 도박은 하지 않습니다."

세계에서 두 번째 부자가 2달러를 갖고 뭘 그렇게 벌벌 떠느냐고 하자 버핏은 이렇게 대답했다.

"2달러를 함부로 쓰는 사람은 만 달러를 주어도 금방 날리게 마련입니다. 어떻게 될지 모르는 일에 요행을 바라는 것은 투기꾼이나 할 일이지 투자가가 할 일이 아니지요."

그는 주식투자로 큰돈을 벌었지만 45년을 같은 집에서 살고 있다. 단번에 큰돈을 벌려고 덤비는 사람들에게 그는 이렇게 말한다.

"대박은 있을 수 없습니다. 나를 믿고 투자한 주주들의 신뢰가 있었기 때문에 내가 성공할 수 있었습니다. 그들의 신뢰를 깨고 싶지 않았기에 정말 최선을 다했던 것이지요. 한 사람의 신뢰라도 얻어보세요. 신뢰를 얻는 일은 돈을 버는 일보다 더 어렵다는 것을 깨닫게 될 것입니다."

편집부

어떻게 알았을까?

전동차가 고장 났을 때 뉴스에서는 'O만 명의 다리가 묶였다'고 보도한다. 서울특별시지하철공사가 1~4호선, 서울특별시도시철도공사가 5~8호선을 운행하면서 1년에 한 번씩 시간대별로 각 역의 승객 수를 파악한다. 사고가 나면 이 데이터로 대략 몇 명의 승객이 불편을 겪었는지를 산출한다.

작은 씨앗

> 🌑 진리는 램프와 같은 것이다. 그것이 아무리 작더라도 커다란 공포에서 우리를 건져낼 수 있다. (R. 타고르)

돌고 도는 인생

단편소설 O. 헨리

남편과 아내가 이혼하겠다며 판사를 찾아왔다. 남편이 큰소리로 말했다. "허구한 날 바가지에, 내 사냥개에게 뜨거운 물까지 끼얹었어유. 더는 못 참아유." 아내도 지지 않았다. "어디서 말라빠진 똥개를 데려와서는…. 곡식 축내는 남편, 나도 필요 없어유."

둘의 이야기를 모두 들은 판사가 판결을 내렸다.

"이혼을 허락하겠소. 이혼 수수료는…."

그때 남편이 5달러짜리 지폐를 내놓으며 말했다. "제가 가진 전붑니다. 곰 가죽을 판 돈이죠." 판사는 그 돈을 조끼주머니에 넣으며 판결문을 읽었다.

"둘은 앞으로 서로 사랑하지 않으며, 함께 살지 않을 것을 서약한다."

그때 아내가 소리쳤다. "위자료는유? 이혼하고 오빠네 가려면 신발이 필요해유." 판사는 여자가 맨발인 것을 확인한 뒤 남편이 아내에게 위자료 5달러를 줘야 한다고 덧붙였다. 그러자 남편이 한숨을 내쉬며 말했다. "돈을 몽땅 판사님께 드리고 없는데유." "날 모독하는 거요?" 판사가 화를 내자 남편은 하루만 시간을 달라고 애원했다. 그렇게 판결은 연기됐다.

그날 저녁, 판사는 집으로 가는 길에 총을 든 강도를 만났다. "돈 내놔. 잔말 말고 언능!" 판사는 벌벌 떨며 조끼주머니에서 5달러를 꺼냈다. "똘똘 말어…. 여기 총구멍에다 꽂으란 말이여!" 판사는 돈을 말아 넣어준 뒤 서둘러 도망갔다.

다음 날 법정. 남편은 아내에게 5달러를 건네주었다. 그 순간 판사의 눈이 휘둥그레졌다. 어제 자기가 빼앗긴 돈처럼 돌돌 말려 있었던 것이다. 그러나 잠자코 있을 수밖에 없었다. 아내가 남편에게 "잘 지내유" 하고 말하자 남편은 서글픈 표정이었다. 판사가 그때를 놓치지 않고 남편에게 말했다. "이제 좀 쓸쓸하겠군요."

"그렇겠지유. 그래도 나 싫다고 가는 사람을 어째유." 남편의 말에 아내가 대꾸했다. "싫다고 한 적 없시유. …나는 이제 오빠한테 가유." 남편이 갑자기 다급하게 소리쳤다. "이젠 개 땜에 귀찮게 안 할게." "나도 바가지 안 긁을게유." 아내의 말에 판사가 끼어들었다. "화해는 환영할 일이지만, 당신들은 이혼했잖소. 그러니 혼인에 따른 권리를 누릴 수 없소. 이혼을 취소하려면 수수료 5달러를 내시오." 아내는 재빨리 돈을 낸 뒤 남편의 손을 꼭 잡고 법정을 나섰다.

물김치를 잘 담그는 비법

얼마 전 시골에서 물김치 한 통을 보내주셨다. 어머니 물김치는 언제 먹어도 맛있었다.

"진짜 맛있제? 이것은 예술인기라."

나는 밥상에 오른 어머니의 물김치를 칭찬했다. 아내 역시 물김치에 있어서는 시어머니의 손맛을 따라갈 수 없다고 인정하면서도 장모님의 음식 솜씨 역시 그에 못지않다는 눈치였다.

"우리 어머님이 담그신 물김치 맛은 최고지. 근데, 우리 엄마가 만든 반찬도 맛있잖아?"

"그럼, 장모님 솜씨는 원래 끝내준다 아이가."

슬쩍 장모님의 손맛도 칭찬했다. 그래도 오늘은 물김치의 날, 나는 잔뜩 목에 힘을 주고 물김치를 아작아작 씹어 먹었다. 그때 내 젓가락에 걸려든 놈이 있었으니, 다름 아닌 통통한 배추벌레!

"엄마야!"

아내는 갑자기 귀신이라도 본 듯 괴성을 지르더니 훌러덩 뒤로 넘어졌다.

"빨리 치워요. 배추를 씻지도 않고 담그셨네. 내 그럴 줄 알았데이."

그럴 줄 알았다니! 이 위기를 어떻게 모면하지? 잠시 생각한 뒤, 천천히 원수 같은 배추벌레 놈을 건져내며 한마디 했다.

"물김치 맛은 여기서 나오는 기라. 고기가 들어가야 이렇게 구수한 맛이 나온다 아이가. 아무나 할 수 없는 기데이. 이게 다 비법인기라."

내 말에 아내가 살짝 눈을 흘기며 웃었다.

손성보 님 / 경북 경주시 용강동

베블렌 효과

가격이 상승한 소비재의 수요가 허영심에 의해 더욱 증가하는 현상을 밝힌 경제학자 베블렌의 이름에서 따온 용어. 다이아몬드의 값이 하락하면 수요는 감소, 값이 상승하면 수요는 증대한다. 비쌀수록 인간의 허영심을 사로잡고, 값이 싸면 누구나 쉽게 살 수 있게 돼 매력이 없어지기 때문이다.

작은 씨앗

토요일

17

그 거리에서

지적도,
도시의 지문

승효상 님 건축가, 이로재 대표

🌀 행복해지는 비결은 쾌락을 얻으려고 한결같이 노력하는 것이 아니라, 노력 그 자체 속에서 쾌락을 찾아내는 것이다. (앙드레 지드)

도시의 지적도를 유심히 보신 적이 있는지. 규칙적 배열을 가진 신도시와는 달리 서울 같은 오랜 도시의 지적도는 매우 불규칙한 모양을 나타낸다. 옛 도시들은 무계획적이어서 그럴까. 그렇지 않다. 오래된 서양 도시의 지적도도 대부분 군대 막사처럼 규칙적이며 동양이라도 북경 같은 도시는 대단히 정형적이다. 그들은 새 도시를 만들 때 길을 먼저 긋고 집들을 길가에 나란히 배열하기 때문인데, 거의 직선일 수밖에 없는 길은 통행이 목적이므로 머무르기 위해서는 광장 같은 평면이 반드시 필요하다. 그래서 그들의 도시는 선과 면이 확연히 드러난다.

이에 비해 우리의 오래된 도시에는 이 선과 면의 구분이 모호하다. 옛길들을 보면 같은 폭을 유지하는 길은 거의 없어 좁다가 넓으며 게다가 곧지도 않아 종횡무진으로 변한다. 통행만을 위한 공간이 아니라 놀기도 하고 쉬기도 하며 일하기도 하니 선도 아니요, 면도 아닌, 이런 길은 애초에 계획될 수가 없다. 우리에게는 인공적인 선과 면이 중요한 게 아니라, 산과 물이 정해 놓은 위치에 따라 적절한 장소를 택해 거처할 영역을 정하는 일이 우선이었기 때문이며, 길은 그 사이에 놓여지는 자연스런 공간이었다.

예컨대, 서울을 만들 때 가장 중요한 장소에 궁궐 위치를 정하고 종묘와 사직을 좌우에 배치한 뒤 임금이 다니는 큰길만 대충 계획하고 적절한 장소를 택해 관아와 주거지를 두면 도시계획은 끝나는 일이었다. 따라서 모든 영역이 설정된 후에 형성되는 길이란 기점과 종점이 있는 선이 아닌 거미줄 같은 망이 된다. 또한 큰 땅은 인구가 늘어나면서 더 많은 집을 짓도록 단위로 갈라지면서 땅 모양은 더욱 복잡하게 되었다. 이 오밀조밀한 공간은 도시 속에서 온갖 모험과 좌절, 사랑과 배신, 낭만과 격정을 샘솟듯 하게 했으니 이런 도시의 삶이야말로 직선과 평면으로 구성되어 그 삶이 뻔했을 그런 도시보다 훨씬 건강하고 드라마틱하지 않았을까.

나는 그런 땅의 모양이 마치 우리 손의 손금과 지문 같아서 우리네 도시의 운명을 결정한 것이라고 믿는다. 그런데, 요즘 자꾸만 서양의 도시 흉내를 내면서 재개발이라는 이름으로 이 지문을 지우고 있으니 우리의 운명이 달라질 게 분명하다. 못내 불안한데, 이게 또 나 혼자만의 강박증인가.

노름에서 벗어나기까지

결혼한 지 14년째. 돌이켜보면 그 시절을 어떻게 살았나 싶습니다. 신혼여행을 다녀온 첫날부터 남편은 밤을 새고 들어오더니 한 달이 지나도 외박이 수그러들 줄 몰랐습니다. 더구나 남편은 월급조차 제때 가져오지 않았고, 직장까지 옮겼습니다. 어느 날, 회사 간부에게서 전화가 왔습니다. 남편이 회사 공금으로 노름을 하다가 쫓겨나다시피 회사를 나갔다고요.

부모님께 그 사실을 말씀드렸습니다. 아버지는 우리 부부를 집에 부르시고는 당장 이혼하라고 하시더군요. 며칠을 고민한 나는 남편에게서 노름을 안 하겠다는 다짐을 받고 새롭게 시작했습니다. 혹 남편이 직장 동료들과 어울리며 노름에 빠질까 봐 내가 밥벌이를 해보겠다며 팔을 걷어붙이고 나섰습니다. 남편은 집에 있는 동안 제법 맘을 잡은 것 같더군요.

얼마 뒤 남편은 조그만 음료 대리점을 차리고 열심히 일만 했습니다. 그러길 6개월, 잘하나 싶던 남편이 다시 외박을 밥 먹듯이 하더니 이사 가기 전날에도 집에 오지 않더군요. 부른 배를 감싸 안고 대리점에 가보니 세상에 또 노름을 하고 있었습니다.

아! 이젠 아니구나 싶어 이혼을 결심하자 남편이 무릎을 꿇고 매달렸습니다. 그 무렵 설상가상으로 대리점이 부도가 났습니다. 우유와 신문 배달을 하며 빚을 갚아 나가는 동안 남편에게 시골로 내려가 농장관리인으로 취직하라고 했습니다. 환경이 바뀌면 노름을 안 할까 싶어서요. 마지못해 떠난 남편이 심심해서 책을 읽기 시작하더니 눈빛이 점점 맑아졌습니다.

10년 만에 가장으로 돌아온 남편. 지금은 식구 모두 시골에서 살고 있습니다. 손에 흙 묻혀가며 백만 원의 수입으로 네 식구가 살고 있지만 남편의 모습에서 밝은 미래가 보입니다.

박정희 님(가명) / 경기도 오산시 원동

온난화를 막는 소나무 향

소나무 향을 전달하는 입자들이 지구를 선선하게 한다고 밝혀졌다. 소나무 향을 내는 모노터핀 성분 입자는 태양열을 반사해 지구의 온도를 내려줄 뿐만 아니라 구름을 형성해 같은 효과를 내기도 한다. 이러한 사실을 기후 변화 모델에 이용하면 보다 정확하게 지구 온난화를 예측할 수 있다.

작은 씨앗

조정기일의 법정에서

윤재윤 님 판사

이혼한 노부부 사이의 조정사건 하나가 얼마 전 언론에 보도된 적이 있다. 부자였던 남편이 바람을 피우면서 부인에게 작은 땅을 주고 이혼했는데 부인이 이 땅을 종자돈으로 삼아 부동산에 투자해 수백 억 대의 부자가 되었다. 반면에 처자식을 버렸던 남편은 사업 실패와 여자 문제로 빈털터리가 되었다. 20여 년이 지난 뒤 남편은 뻔뻔스럽게도 부인에게 "땅을 넘겨줄 때 경황이 없어서 잘못 넘겨준 것"이므로 등기를 돌려달라는 소송을 냈다.

남편의 패소가 명백한 사건이었지만 법원은 조정을 시도했다. 처음에는 부인뿐 아니라 자식들까지 남편을 비웃으며 조정을 거부했지만 재판장은 부인을 설득했다. "남편의 과거는 용서받기 힘들지 몰라도 그를 위해 작은 도움이라도 준다면 그 복은 남편이 아닌 뒤에 앉은 자식들에게 돌아갈 것"이라는 말에 마침내 부인의 마음이 움직였다. 결국 남편에게 4천만 원을 지급하는 것으로 조정이 이루어졌다.

요즈음 이와 유사한 가족 사이의 재산분쟁사건이 많이 제기되고 있다. 나도 얼마 전에 위 사건과 거의 동일한 사건을 처리했다. 부자가 된 아내를 상대로 재산 일부를 돌려달라는 남편의 소송이었는데 앞 사건과 달리 조정이 되지 않아서 남편에게 패소판결을 했다. 이미 1심에서 승소한 부인은 전 남편을 결코 용서하지 않았다. 그런데 그 부인이 이 판결을 받고 기분이 좋았을까. 아마 얼마라도 경제적인 도움을 주었으면 훨씬 홀가분했으리라.

판결에서는 한쪽이 완전히 이기거나, 지는 경우가 대부분이다. 어떤 인간관계이건 간에 법적 책임을 떠나 미묘한 여러 가지 사정이 있는 법이지만, 판결은 이를 반영할 방법이 없다. 또한 한쪽의 잘못을 선언하는 것이므로 판결 선고 뒤에도 깊은 상처와 원한을 남긴다. 판결이 결코 분쟁의 해결책이 될 수 없고 부족한 기능밖에 못함을 절감한다.

그래서 나는 약간의 가능성이라도 보이면 조정을 권하는데 사람 사이에 품격의 차가 정말 완연하다. 억울한 피해를 입고도 관대한 사람이 있는가 하면, 자기 잘못이 큰데도 상대방만 탓하는 사람도 있다. 조정에 이르기 위해 반드시 넘어야 할 마음의 장벽 몇 가지가 있다.

첫째는 자기 입장만 생각하는 자기중심성이다. 대개 자기의 사정, 손해만 생각하지 여간해서는 자기의 잘못을 인정하지 않는다. 이때 이러한 대화를 한다. "장기 둘 때 자기 패만 보고, 상대방 패는 보지 않는 사람은 항상 지게 되어 있습니다. 장기 잘 두는 사람은 상대방 패를 더 자주 본답니다. 지금 원고께서는 자기 패만 보고 계시네요." 입장의 전환을 요구하는 것이다.

둘째는 상처 입고 화가 난 감정상태이다. 상대방이 너무 미워 화해할 마음이 전혀 없다. 이때는 내 경험담을 이야기한다. "운전하는데 어떤 차가 신호를 무시하고 돌진해서 죽을 뻔했어요. 격분해서 신고하려고 그차를 쫓다가 문득 내가 분노의 포로가 되어 있다는 생각이 들어서 방향을 틀어 내 갈 길을 갔답니다. 조금 지나니까 정말 잘했다는 생각이 들었어요. 화난 감정상태로 행동하면 후회합니다"라고 말하며 감정의 전환

을 유도한다.

웬만한 사람들은 이러한 과정에서 마음을 돌려 조정에 진지하게 응한다. 화해의 마지막 단계는 치유의 순간이 될 때가 많다. 고통스러웠던 분쟁을 새롭게 보며 상대방의 입장을 최소한이라도 이해하고 책임을 분담하기로 결심하게 된다. 상대방, 자신, 분쟁에 대해 보다 높고 깊은 관점을 갖는다.

오랜 분쟁을 치유로 마무리함은 당사자에게 작은 해방감을 줄 것이다. 조정이 성립될 때마다 그들 사이에서 마음의 전환이 이루어졌음을 느낀다. 이런 이치가 어디 재판에만 국한될까? 인간관계에서 갈등이 생길 때 스스로 이러한 '마음의 전환'을 한다면 다툼을 피할 수 있고, 나아가 치유와 성장의 기회로 삼을 수도 있지 않을까.

서울고등법원 부장판사인 **윤재윤** 님은 1985년 우리나라에서 처음으로 비행청소년과 시민을 연결하여 보호하는 '소년자원보호자' 제도를 만들었으며 《법원사》(대법원 발간) 편찬 책임을 맡았습니다.

영화 속 남녀본색

갈망과 무기력의 엇박자

– 사랑을 놓치다

장근영 님 심리학자

|줄거리|

주인공 우재(설경구 분)와 연수(송윤아 분)는 오래된 친구. 우재는 여자친구와 헤어진 뒤 자포자기 심정으로 군에 입대한다. 남모르게 우재를 좋아하던 연수는 면회를 빌미삼아 그 마음을 내보이려고 하나, 우재는 그 마음을 외면한다. 자꾸만 어긋나는 두 사람. 그러는 사이, 10년이 흐른다. 10년 뒤 우연히 재회한 두 사람. 그들은 과연 사랑을 이뤄낼 수 있을까.

소심한 나에게 연애에 성공하는 친구들은 부러움의 대상이었다. 나중에 알고 보니 그들의 비결은 뻔뻔함에 있었다. 작업을 시도해서 100% 성공만 하는 친구는 없었다. 단지 그들은 실패를 두려워하지 않았다. 실패하다 보면 언젠가는 성공한다는 사실을 알고 있었던 것이다. 게다가 많이 시도하면 할수록 기술도 세련돼졌고 그에 따라 성공률도 높아갔다. 반면에 나 같은 사람은 어수룩한 몇 번의 시도와 그에 따른 당연한 실패(혹은 실패조차도 아닌) 경험 몇 번만으로 '나는 안 된다'는 결론을 내려버리고 숙달될 기회조차 포기한다. 이런 '나는 안 된다'는 결론을 심리학에서는 무기력이라고 말한다.

인생의 아이러니는 우리가 오랫동안 갈망해온 것일수록, 그것에 대해서 무기력을 학습했을 가능성이 높다는 것이다. 오랫동안 갈망만 해왔다는 얘기는 오랫동안 얻지 못했다는 뜻이니까. 눈앞에 두고서 갖지 못하는 경험이 길어질수록 무기력은 쌓여간다. 그래서 정말로 그 목표가 눈앞까지 다가왔을 때 "어차피 난 안 돼"라는 생각만이 머릿속에 가득 찬 멍청이가 되어버린다.

영화 〈사랑을 놓치다〉는 사랑에 관한 그 멍청이들의 엇박자 순환을 보여준다. 처음에는 여자(송윤아 분)가 남자(설경구 분)를 지켜보며 무기력을 축적해간다. 바로 눈앞까지 사랑이 찾아왔지만, 남자의 소심한 말 한마디에 여자가 상처를 입는 이유는 바로 그것 때문이다. 잠깐의 희망이 무기력에 잡아먹히는 순간 그녀는 마음을 닫아버리고 만다. 남자도 마찬가지다. 그 역시 알고 보니 엄청난 무기력의 소유자였다. 대학시절 연애 200일 날 애인에게 차인 상처가 원인일 듯 싶은데, 어쨌든 그 역시 연애에 실패하는 비결을 몸소 실천한다. 둘은 박자에 맞춰 교대로 노를 저어가듯 무기력의 궁상 속으로 빠져든다. 다행히도 영화는 이들에게 마지막 구원의 기회를 남겨준다. 갈망과 함께 무기력도 털어버린 다음에야 그들은 다시 만나 새로운 시작을 하는데, 그 결과는 어떨지…. 무기력의 신만이 아실 일이다.

심리학 박사 **장근영 님**은 한국청소년개발원 부연구위원으로 활동 중이며 영화와 심리학에 관한 책 《팝콘 심리학》과 《너 싸이코지?》를 펴냈습니다.

잡상수첩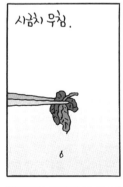

홍승우

시금치 무침.

먹어.

싫어!

버섯을 먹을 때도 그랬다. 억지로 억지로 먹이고 나서야 아이는 스스로 버섯을 먹을 줄 알게 되었다.

맛있네!

버섯 무침

그래서 불가피하게도 나는 이런 방법을 쓴다.

맞을래? 먹을래?

!

아~ 진짜!

덥

그러면 아들은 음식을 억지로 삼킨 후 구역질을 해가며 이런 말을 내뱉는다.

다른 엄마랑 살았음 좋겠어!

우엑

내가 그 말에 충격받을 줄 알았니? 그럼 나는 이렇게 얘기한다.

니 엄마가 펭귄이 아닌 걸 다행인 줄 알아!

입 벌려!

우엑

····!

홍승우 님은 두 아이를 키우며 관찰한 가족의 건강한 일상을 웃음으로 풀어낸 《비빔툰》의 작가입니다.

나도 호호 할머니가 되고 싶다

글·사진 / 미노 님

폴란드의 관광 도시 크라코프(14세기 폴란드의 수도이자 중세 유럽 문화의 중심지). 그곳 버스터미널은 혼을 쏙 빼놓을 만큼 수다스럽고 억척같이 여행자를 잡아가는 민박집 아줌마들로 유명하다. 영어에 서툴러 그녀들의 끈질기고 유창한 입담을 조금도 이해하지 못했던 나는 그 정신없는 와중에도 '숙소는 스스로 찾겠다' 는 결의를 꿋꿋이 지키기로 다짐했다. 혼자서 눈만 끔뻑끔뻑하는 나에게 전투적으로 눈빛을 보내던 그녀들은 금세 등을 돌렸다. 여행자들은 버스에서 내리자마자 난민촌에 끌려가는 피난민들처럼 순식간에 모두 그녀들과 함께 사라졌다.

하지만 나 홀로 남겨진 건 아니었다. 그곳엔 나처럼 눈만 끔뻑끔뻑하고 있는 사람이 또 있었다. 키 작고 동그란 얼굴에 통통한 백발의 할머니였다.

"우리 집에 가자."

어, 이건 텔레파시일까? 놀라운 일이었다. 그 순간 나는 분명히 할머니의 폴란드어를 알아들었다.

"할머니 민박하세요?"

내가 어설픈 영어로 물었더니 영어도 모르는 할머니가 고개를 끄덕끄덕 한다. 할머니는 냉큼 내 손을 잡았다. 그렇게 우리는 할머니와 손녀처럼 손을 꼭 잡고 시 외곽의 한적한 주택가 골목길에 도착했다. 녹슨 초록색 철제 대문에서 듬성듬성 이가 빠진 대머리 할아버지가 빗자루와 쓰레받기를 손에 든 채 환하게 웃으며 달려나왔다.

할머니와 내가 공유할 수 있는 말은 딱 두 개, 아침에 내가 샤워할 때마다 할머니가 욕실 문 너머로 외치는 "커피?"와 "밀크?"이다. 그러나 정말 '믿거나 말거나'지만 우리는 매일 식탁에 마주 앉아서 한 시간이 넘도록 이야기를 나누었다.

아침을 먹을 때 할머니는 아주 오랫동안 가지고 있었는지 접힌 자리가 너덜너덜한 크라코프의 관광지 안내 책자를 펼쳐 폴란드어로 열심히 설명을 해준다. 나는 할머니가 어디를 꼭 가보라는 것인지, 트램(전차)이나 버스를 어디서 타라는 것인지, 다 알아듣고 고개를 끄덕인다. 할머니도 내 말을 갓난아기 옹알이 알아채듯이 금세 알아버린다. 할머니에겐 전 세계 어떤 언어를 쓰는 사람과도 금방 의사소통을 할 수 있는 마술처럼 신비한 힘이 있었다.

할머니가 일러준 도시 곳곳의 숨은 볼거리들을 빠짐없이 정복하기 위해 민박집을 나서면 노부부가 창가에서 손을 흔든다. 또 폴란드어로 무언가 쏟아내는 말이 "차 조심하고, 나쁜 사람들 조심하고 잘 다녀와"라는 뜻임에 분명하다. 나를 보낸 뒤 할머니는 다시 버스터미널로 나간다. 하지만 언제나 영어 잘하는 약삭빠른 민박집 주인들에게 손님을 모두 뺏기고 돌아온다. 그래도 할머니는 평화로운 표정으로 욕실에서 나오는 내 손을 잡아끌어 헤어드라이어로 머

리를 말려주고, 소박하지만 따뜻한 저녁상을 차려준다. 손님이 없어도 이불을 털고 방을 청소하며, 하루 종일 할머니를 기다리는 이빨 빠진 할아버지와 가끔씩 잡혀오는 어수룩한 젊은이들만으로도 할머니는 행복하다. 그래서 할머니의 손에 잡혀오는 사람은 누구나 그 집에서 제일 큰방을 통째로 쓰며 손자손녀처럼 대접받는다.

예전에 내 꿈은 세련된 커트머리에 청바지가 잘 어울리는 멋쟁이 할머니가 되는 것이었다. 그 할머니를 만난 지금은, 통통한 항아리치마에 뽀글뽀글 파마머리를 한 호호 할머니가 되어 이빨 빠진 배불뚝이 호호 할아버지와 행복하게 사는 것이다.

미노 님은 전 세계 방방곡곡을 여행하는 여행작가이며 방송작가로도 활동하고 있습니다. 《수상한 매력이 있는 나라, 터키 240+1》《My travel Story》 등의 책을 펴냈습니다.

팥쥐가 되고 싶어요!

며칠 전, 네 살 된 큰딸 조은이가 어린이 집에서 돌아오더니, "엄마, 난 팥쥐가 될 거예요" 하고 말했습니다. 얘기를 들어보니 어린이집 선생님께서 《콩쥐 팥쥐》 이야기를 들려주셨나 봅니다. 그런데 콩쥐도 아닌 팥쥐가 되고 싶다니요.

혹시 딸아이가 콩쥐와 팥쥐 이름을 혼동하는 것은 아닌가 해서 이야기를 다시 들려주고 물어보았습니다. 그래도 여전히 딸아이는 팥쥐가 되고 싶답니다. 대부분 예쁘고 마음씨 착한 콩쥐를 더 좋아하는 법인데, 이상해서 그 이유를 물어보았지요. 조은이가 대답하길 "콩쥐는 엄마가 안 예뻐하지만 팥쥐는 엄마가 맛있는 것도 사주고, 잔칫집에도 데려가잖아."

딸아이의 말을 듣는 순간 뜨끔했어요. 큰딸 조은이가 5개월 된 동생 때문에 스트레스를 받았구나! 하고 말입니다.

TV에서 동생이 미워 때리기까지 하는 아이들이 있다는 내용을 본 적이 있어서 우리 부부는 큰애가 서운해하지 않도록 조심스레 작은애를 예뻐했는데….

그날 밤, 조은이를 껴안고 잤습니다. 미안하기도 하고, 동생을 맘속으로만 시샘했던 큰애가 기특하기도 했습니다.

윤선희 님 / 서울 은평구 신사1동

사랑의 점수

나는 사랑스런 두 아이의 엄마입니다. 두 아이 모두 대단한 말썽꾸러기 개구쟁이지만 엄마아빠에 대한 사랑과 형제간의 우애는 남들이 부러워할 정도지요.

어느 날 아침, 유치원에 다니는 둘째 녀석이 심통을 부렸습니다. 그날 오후엔 학교에 다녀온 첫째가 피아노를 치기 싫다며 투덜거렸지요. 다른 일로 짜증이 나 있던 나는 평소와 다르게 아이들에게 조금 신경질적으로 대했습니다.

그런데 잠시 뒤 엄마의 기분을 살피던 큰애 승호가 물었습니다. "엄마 오늘 순호랑 저랑 몇 점이에요?" 갑작스런 질문에 오늘 아이들이 잘못했던 행동들이 생각나 약간은 혼내줄 마음으로 "둘 다 잘못한 점이 있으니까 80점씩이야" 했지요.

아이들이 어떤 반응을 보일까 대답을 기다리는데 승호가 말합니다. "그럼 엄마는 오늘 저희에게 160점의 사랑을 받으셨네요."

당황하는 순간 아이들이 합창합니다. "엄마, 내일은 우리가 더 착한 어린이가 돼서 200점의 사랑을 드릴게요."

때로는 엄마의 생각보다 깊고 따뜻한 마음을 가지고 있는 아이들. 오늘도 난 200점의 사랑을 듬뿍 받는 행복한 엄마입니다.

송은선 님 / 경북 문경시 모전동

천진난만하고 순진무구한 아이가 바라본 세상은 어떨까요? 아이의 신비스런 몸짓, 아름다운 생각을 곁에서 바라본 엄마아빠, 할머니할아버지께서 원고지 5장 또는 A4 용지 반 장 정도 분량으로 적어 편집실로 보내주세요.

평소 말씀이 없는 치매 환자께서 껍질이 벗겨진 삶은 밤 한 톨을 양손에 들고 계셨다. 간식 시간이 한 시간 전에 끝났는데도 내가 올 때까지 밤을 갖고 계셨던 것이다. "먹어" 하며 내게 주시기에 잠시 망설이다 받아먹었다. 어르신은 내가 오물거리며 먹는 모습에 만족하신 듯 예쁜 미소를 띠셨다. 밤 맛은 짭짤했다. 하지만 찝찝한 생각보다 어르신의 지극한 마음이 가슴속까지 스며 들었다. 간식을 누군가와 나눈다는 것은 치매 노인에게는 보통 일이 아니다. 자신을 정성껏 돌봐주는 사람을 스스로 인지할 수 있게 됐다는 의미니까. 내게도 이런 짭짤한 감동은 매우 특별하다.

이성기 님 / 서울 송파구 송파1동

초등학교 2학년 3반 교실에서 서른네 명의 꾸러기들과 생활하는 새내기 교사입니다. 즐거운생활 수업 시간에 보물찾기를 했는데 갑자기 동원이가 울음을 터트렸습니다. 왜 우냐고 물었더니 "저도 선생님하고 데이트 하고 싶었단 말이에요~" 하는 게 아니겠어요? 보물찾기 쪽지에는 선생님과 분식집 데이트, 1일 반장 체험권, 이성친구에게 고백하기 등이 있었는데 다른 친구가 데이트 쪽지를 먼저 찾았던 것입니다. 나중에 몰래 데이트 하자고 말해 겨우 달랬답니다. 어릴 적 꿈이었던 선생님. 요즘 하루하루 행복한데 이 일로 더 가슴이 벅차오르네요. 아이들에게 아낌없이 나눠주고 싶습니다.

이선영 님 / 광주시 서구 화정4동

아들이 한 해 일찍 초등학교에 입학했습니다. 눈치도 없고 아침마다 늘 늦습니다. 그래도 이제 적응을 잘하는가 싶더니 사건이 터졌습니다. 매운 음식을 못 먹는 녀석이 애써 용감한 척 먹고는 배탈이 났지요. 다음 날 그만 학교에서 팬티에 실례를 했다고 전화가 왔습니다. 바지는 안 젖었지만 냄새가 지독했지요. 그런데 녀석은 주눅 들지 않고 말짱합니다. 아이가 말하길 "엄마, 선생님도 설사가 나서 옷에 실례한 적 있대." 아! 선생님의 배려로 마음 여린 아들이 상처를 입지 않았습니다. 사방팔방 구경하느라 등교 시간은 늘 늦어도 꼬박꼬박 잘 가는 것을 보니 학교가 좋은가 봅니다.

김현희 님 / 대구시 중구 대신동

나이 마흔이 다 되다 보니 아침잠이 없어졌다. 생각 끝에 절을 찾기로 했다. 새벽안개 속에 백팔 배를 드리고 내려와 중증 장애인 요양시설에 도착하면 6시가 조금 넘는다. 아직 깊은 잠을 자고 있는 장애우들의 숙소를 지나 지하 주방으로 향한다. 설거지 하는 동안 식기에서 눈을 떼지 못할 때가 많다. 그 속엔 삶의 괴로움과 자신의 처지에 대한 한탄, 그리고 희로애락이 묻어 있는 듯하기 때문이다. 집에 돌아와 내가 불공만 드리고 오는 줄 아는 아내의 품으로 파고들며 감사한 마음을 갖는다.

전종철 님 / 충남 논산시 강산동

밥상

밥상을 받을 때마다
나는 상장을 받는 기분입니다.
사람들을 위해
세상을 위해
별로 한 일도 없는데
나는 날마다 상,
푸짐한 밥상을 받습니다.

어쩐지 남이 받을 상을 빼앗는 것 같아서
나는 밥상 앞에 죄송하고 미안합니다.

나는 떨리는 두 손으로
밥상을 받습니다.
그리고 무릎을 꿇고
밥상 앞에 앉습니다.
오늘은 무엇을 했는가
참회하듯.

6월 셋째주

생각 디딤돌

해가 길어져 저녁밥을 먹어도 아직 해가 남아 있습니다. 가족들과 함께 산책 한번 해보세요. 상쾌하고 시원한 저녁 바람이 하루의 피로를 싹 날려줍니다. 가족들과 대화할 수 있는 시간도 되고요. 서로 간의 사랑을 확인하는 저녁 산책, 한번 계획해보세요.

18 일요일

19 월요일

20 화요일 · 음 5.25

21 수요일 · 하지

22 목요일

23 금요일

24 토요일

일	월	화	수	목	금	토
					1	2	3
4	5	6	7	8	9	10
11	12	13	14	15	16	17
18	19	20	21	22	23	24
25	26	27	28	29	30	

🌑 두꺼운 의복이 봄의 자유를 압박하듯이 부귀는 영혼의 활동을 방해한다. (에모 필)

석유곤로

이기와 님 시인

곤로는 일본어 'こんろ'에서 온 말이다. 우리나라 말로는 풍로라 해야 맞다. 그러나 풍로가 아닌 곤로라고 불러야지만 살갑게 느껴지는 것은 왜일까? '곤로'라는 말 속에는 애잔한 삶의 정서가 배어 있기 때문이다. 우리가 사용하는 생활용품이나 가전제품이 변하면서 우리들의 정서도 달라졌다. 장작불의 시대가 아닌, 곤로불 시대가 아닌, 가스불 시대인 현대의 정서는 편리한 삶과는 역으로 더 강팍해졌다. 긴장과 초조함은 늘 과중되고 여유와 휴식에는 더 목말라하고 있다. 물질의 풍요 속에 메말라 가는 영혼. 행복은 외적 조건에 있는 것이 아니라 내적 조건에 있다는 것을 알 수 있다.

연탄불이 곤로의 화력을 따라올 수 없다는 것을 알고 우리 집에도 곤로를 들여 놓았다. 전기밥솥이 없던 시절 출근과 등교를 서두르는 아침에 연탄불로 밥을 지어 먹을라치면 밥이 끓기 전에 식구들의 화가 먼저 끓어 넘치곤 했다. 그 화를 진정시켜 준 것이 곤로였다. 화력이 좋아 연탄불보다 두 배나 빨리 조리할 수 있었다. 그러나 단점도 있었다. 센 화력을 조절 못해 냄비를 자주 태워 먹어 어머니의 꾸중이 두 배로 늘었고, 석유를 사러 눈이 오나 비가 오나 심부름을 갔다 와야 했다. 심지에 불을 붙이다 앞 머리카락이 홀라당 타버리기도 했고, 질 나쁜 석유 때문에 그을음이 일어나 아프리카 원주민처럼 얼굴이 새까매지기도 했다.

구두쇠라고 해야 할까, 근검절약의 대명사라고 해야 할까. 새아버지는 8시만 되면 전깃불을 끄고 일체 아무것도 하지 못하게 했다. 전깃불을 꺼버려 시험공부를 못하게 되면 슬그머니 부엌으로 나가 곤로불을 켜놓고 공부를 했다. 그러다 새아버지한테 들켜 혼쭐이 나면 그 다음에는 공장에 다니는 동네 언니들 자취방 들창 밑으로 가 객지 생활의 애환과 함께 퍼져나오는 불빛을 받아 책을 읽었다.

장작을 거쳐, 연탄을 거쳐, 곤로를 거쳐 요즘은 가스레인지, 전자레인지, 오븐으로 변했다. 하지만 우리의 삶은 여전히 무엇에 쫓기듯 살고 있다. 전기밥솥보다 가스레인지에 한 밥이 맛있고, 가스레인지에 한 밥보다 곤로불에 한 밥이 맛있고, 곤로불에 한 밥보다 연탄불에 한 밥이 맛있고, 연탄불에 한 밥보다 장작불에 한 밥이 더 맛있듯이 사람의 삶도 좀 느려져야 뜸이 잘 들어 맛이 더 좋아지지 않을까.

오늘의
생각

세상에서 가장 필요한 것은?

남편이 경남 창원으로 발령을 받아 이사를 가게 됐죠. 남편의 퇴근시간 무렵 오토바이 소리가 나면 아이들은 번개같이 뛰어나가 아빠를 맞이하고, 그이는 임금이라도 된 듯 한껏 폼을 잡고 들어왔지요.

그 무렵 다섯 살 아들 녀석은 태권도 도장에 다녔어요. 남자 선생님은 태권도를 가르치고, 여자 선생님은 아이들에게 그림과 노래를 가르치는 곳이었지요.

어느 날 도장 여선생님이 내일 어머니 모임이 있으니 꼭 참석해달라는 전화를 하셨어요. 다음 날 태권도 도장 문을 열고 들어서는 순간 모여 있던 어머니들과 선생님이 박수를 치는 게 아니겠어요.

무슨 영문인지 몰라 어리둥절해하자 선생님이 지난 미술 시간, 아이들에게 세상을 살아가는 데 무엇이 가장 필요하겠냐고 물었더니 다섯 살, 여섯 살 된 아이들은 대부분 로봇, 초콜릿, 피아노, 인형 등을 말했대요. 그런데 우리 아들 녀석이 손을 번쩍 들고서 이렇게 대답했답니다.

"선생님! 세상을 살아가는 데 꼭 필요한 것은 사랑이에요."

선생님은 여섯 살 아이에게서 그런 말을 듣고 깜짝 놀랐대요. 그날 나는 여러 어머니들로부터 얼마나 부러움을 받았는지 몰라요.

세월이 흘러 아들은 지금 군 복무를 하고 있어요. 5개월 뒤에 제대를 하지요. 몇 년 전에 남편 사업이 실패해 아주 힘들었지만 우리 가족은 사랑의 힘으로 슬기롭게 이겨나가고 있답니다.

박지숙 님 / 부산시 사하구 괴정4동

파마의 시초

이집트인들은 머리카락에 진흙을 바른 뒤 나무봉에 감아 태양에 말렸다. 그리고 일정 시간이 지난 뒤 머리를 풀면 파마머리가 됐다. 알칼리성인 진흙이 머리카락의 화학적 구조를 바꿔주는 효과를 이용한 것이다. 100년 전 현대 파마 기술이 도입됐지만 파마의 기본 원리는 지금도 변함이 없다.

작은 씨앗

월요일

19

오늘의 만남

꽃들아!
어디 숨었니?

🌏 어제를 살던 방식이 오늘을 결정한다. 하지만 내일의 삶은 바로 오늘 어떻게 살아가느냐에 달렸다. (마샤 그래드)

"**엄**마, 우리는 왜 꽃이 없어? 나도 사과나무, 배나무처럼 예쁜 꽃이 활짝 폈으면 좋겠어. 이게 다 이름 때문이야. 이름 바꿔줘."

친구들의 가지에 핀 꽃들이 부러운 어린 무화과나무는 엄마 무화과나무에게 말도 안 되는 떼를 썼다.

"꽃이 없긴 왜 없니? 봄부터 여름에 걸쳐 네 잎겨드랑이에 열매 같은 꽃이삭이 달리잖아. 그 안에 수많은 작은 꽃이 피어 있단다. 다만 겉으로는 꽃을 볼 수 없어서 꽃 없는 열매, 즉 무화과(無花果)라 불리게 된 거야."

"그럼 열매는 왜 조그마한 거야? 나도 친구들처럼 열매가 컸으면 좋겠어."

"크기가 중요한 게 아니야. 네 열매 안에는 좋은 영양소가 듬뿍 담겨 있단다. 우리한테는 노화, 성인병의 주범인 유해산소를 없애는 항산화 효과가 있어. 또 세균, 바이러스 등 병원체를 죽이고, 항염증 작용까지 있어서 관절염, 인후통, 기침 환자에게 아주 좋지. 또한 소화, 변비, 심혈관 질환의 예방도 돕는단다. 나뭇잎은 치질에 특별한 효능이 있다고 해서 화장지 대용품으로 사용하기도 했었어."

"정말? 근데 엄마는 어떻게 알았어?"

"무화과나무를 약으로 이용한 최초의 기록이 구약성서에 나온단다. 그리고 중국의 고전 약물서인 《본초강목》에도 '위장의 기능을 좋게 하고 설사를 멈추고 치질과 인후염을 고친다' 라고 그 약효가 기록되어 있지. 그냥 먹어도 맛있고 잼, 젤리, 주스, 술 등으로 다양하게 가공해서 먹을 수도 있단다."

"우리는 옛날부터 유명한 나무구나."

"맛이나 효능으로만 유명한 게 아니야. 아담과 하와가 처음 자신의 몸을 가렸던 것이 바로 무화과 잎이었어. 로마에서는 바커스라는 술의 신이 무화과나무에 열매가 많이 달리는 방법을 가르쳐주어 무화과나무는 다른 나무보다 더 많은 열매를 맺는다고 하는 전설도 있지. 그리고 우리와 같은 뽕나무과 무화과속 족보를 가진 친척으로 보리수고무나무가 있어. 너도 알지? 부처가 깨달음을 얻은 장소가 바로 보리수나무 밑이잖아. 어때? 이래도 이름 바꾸고 싶니?"

"아니. 그냥 무화과 할래. 내가 꽃이 없긴 왜 없어? 난 지금 꽃들과 숨바꼭질하고 있는 거야."

지민주 기자

장애인이기 전에

선천성 뇌성마비는 나이가 들면서 합병증이 생기는데 그 중 하나가 디스크다. 옆으로 누울 수도 없고, 앉아 있지도 못하고, 더더욱 서 있을 수도 없다. 내게도 이런 증세가 나타났지만 디스크인 줄 몰랐다. 하루에 진통제를 3~4번 맞기도 했다. 한 레지던트의 목소리가 들렸다.

"이 환자 애정결핍증 아냐? 관심 끌려고. 주사 한 대 맞으면 좋아지잖아."

난 다시 한 번 정밀검사를 해달라고 부탁했지만 내 얘기를 들어주지 않았다. 그렇게 병원에 입원해 있는 동안 아는 분이 병문안을 오셨다. 나의 통증을 보다 못한 그분은 세브란스병원으로 나를 옮겼다. 그곳에서 몇 차례에 걸쳐 통증완화 시술을 받게 되었다.

어릴 때는 병의 원인이 애정결핍에 있다는 얘기를 들었지만, 성인이 되어 앓게 되는 질병은 장애 때문이라는 얘기를 들을 때가 많았다. 비장애인과 다르다는 인식을 갖고 시작하는 진료에서는 거의 이런 얘기를 듣게 되었다.

웃지 않을 수 없는 이야기 중의 하나가 사마귀가 나서 찾아갔는데, 그것 또한 장애 때문이라는 것이다. 아무리 선천적으로 타고난 뇌성마비가 흔하지 않다고 해도 성의 있는 대답을 듣고 싶은 마음은 비장애인과 같다.

어떤 재활 선생님은 먹고 싶은 것 실컷 먹고, 하고 싶은 것 실컷 하면서 생을 즐기다 가라고 말한다. 인생을 즐기라는 그분의 말씀이 이해가 안 되는 건 아니다. 하지만 사형선고를 받은 중환자가 아닌 이상 정상적인 사고를 지닌 우리에게 할 말은 아니라는 생각이 든다. 뭘 조심하고, 어떤 운동을 하며 살라고 권유할 수는 있다. 하지만 먹고 즐기라는 식으로 말하는 것은 인간 본성의 인격을 건드린 말이 아닐까. 장애인이기 전에 인간임을 알아주면 고마울 텐데….

《정윤수 이야기 – 꽃보다 활짝 피어라》, 김명이, 천년의시작

과일, 채소가 주름살 없앤다

불안정한 산소분자인 활성산소는 피부 노화의 주범이다. 항산화물질은 활성산소에 의한 노화를 막아주는데 우리 몸은 항산화물질을 생산하지 못하기 때문에 과일과 채소를 많이 먹어야 한다. 당근, 토마토, 파프리카, 케일 등 과일과 채소는 항산화물질을 많이 가지고 있어 젊은 피부를 유지시킨다.

작은 씨앗

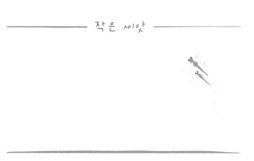

누가 시인인가?

김승강 님 시인

🌑 아무리 가까운 길이라도 가지 않으면 도달하지 못하며, 아무리 쉬운 일이라도 하지 않으면 이루지 못한다. (채근담)

나는 시인이 되기 전부터 '이름 없는 시인'으로 살고 싶었다. 시인이 되지 않아도 좋았다. 그냥 이름 없는 시인으로 살고 싶었다. 시인이 되면 '이름 없는 시인'의 '이름 없는'에 힘을 주고, 시인이 되지 못하면 '시인'에 힘을 주며 살리라 생각했다. 어쨌든 그때는 '시인'에 힘을 주고 시인을 꿈꿨다. 나는 '이름 없는 시인', '무명 시인'이란 말을 들으면 눈물부터 핑 돌았다. 내가 시인으로 등단을 하든 안 하든 그렇게 살고 싶었던 게 그 이유지만 또 다른 이유는 그런 삶을 살다간 수많은 사람들을 생각했기 때문이다. 시인의 이름을 얻지 못하고 시인으로 살다간 사람들이 얼마나 많은가! 나는 급기야 이 세상에 태어난 사람은 모두가 시인일지도 모른다고 생각했다. 세상에 나서 어떤 이름으로 살든 그 나름의 이유와 사연을 가지고 있을 것이고, 그것은 모든 사람을 시인이게 한다고 생각했다. 그렇게 나도 벌써 시인이었다. 아무도 시인이라는 이름을 붙여주지 않았지만 혼자 시인이었다.

나는 등단이 늦었다. 어느 날 누가 나에게 이름을 붙여주었다. 그러나 굳이 이름을 얻지 않아도 좋았다. 이름을 얻지 않아도 벌써 이름이 있었다. 그런데 나는 이름을 얻고자 했고 누가 이름을 붙여주었다.

나는 시인이다. 이름 없는 사람이 아니다. 그러나 '이름 없는 시인'임은 매한가지다. 단지 달라진 게 있다면 '이름 없는'에 힘을 주는 정도일 것이다. 그것도 모르는 일이다. 나중에 그 어느 쪽에도 힘을 주지 못할 날이 올지도. 나는 이제 정녕 '이름 없는 시인'으로 살 수 있다. 그렇다, 그래서 나는 지금 딜레마에 빠져 있다. "나는 진정 시인인가?" 나는 늦게 등단한 것에 비해 빠르게 첫 시집도 냈다. 그런데 나는 '이름 없는 시인'이란 말을 듣고 눈물지을 수 있는가? 나는 '이름 없는 시인'을 다시 생각해보았다. '이름 없는'은 이제 '유명하지 않은'으로 바뀌었다. 나는 유명하지 않아도 된다. 시인이 되기 전에 내 다짐을 생각한다면 그렇다.

유명이든 무명이든 그것은 누가 붙여주는 이름일 것이다. 이름 없이 산 시인들이 얼마나 많았던가? 삶의 사연이 산으로 솟고 강으로 흐른 시인들이 얼마나 많은가? 그들이 시인이다. 그 시인들이 시의 독자다. 그러므로 독자 여러분이 시인이다. 여러분이 시의 독자다. 나는 또한 독자다.

천 원의 가치

"앗, 늦었다."

서둘러 등교 준비를 하고 집을 나섰다. 시간이 빠듯했지만 집 앞 슈퍼마켓에 들러 캔 커피 하나를 샀다. 우리 학교는 매년 초 후배들이 3학년 선배들에게 응원의 메시지가 담긴 편지와 음료수를 전해주고 있기 때문이다.

지각하지 않으려고 나는 가방 지퍼가 덜 닫혀 벌어지는 느낌이 들어도 뛰고 또 뛰었다. 헉헉~ 교문까지 몇 걸음 남지 않자, 비로소 걸음을 늦추며 안도의 한숨을 내쉬었다. 그때 내 옆을 지나던 친구가 툭 치면서 말했다.

"아까부터 어떤 아이가 널 부르며 따라오는 것 같던데. 저기 있네."

뒤를 돌아보니 초등학교 3~4학년쯤 돼 보이는 아이가 울 듯한 표정으로 뛰어오더니 "저기… 이거 떨어뜨리셨어요" 하며 천 원짜리 한 장을 나에게 주었다. 슈퍼에서 캔 커피를 사고 나오면서 돈을 떨어뜨렸던 모양이다.

그 애는 슈퍼마켓에서부터 나를 계속 따라왔던 것이다. 작은 목소리로 한 번도 뒤돌아보지 않는 나를 애타게 부르면서 말이다. 천 원, 요즘 초등학생들에게는 과자 하나 사 먹을 정도밖에 되지 않는 돈인데…. 아이에게 고맙다는 말을 하고 주머니에 있던 사탕을 쥐어주었다. 고맙다는 한 마디로 아이의 행동을 칭찬하기엔 너무 부족했다. 서둘러 학교로 뛰어가는 아이를 바라보니 가슴이 따뜻해졌다. 반짝이는 아침 햇살을 받고 있는 아이의 뒷모습, 참 예뻤다.

한교 님(가명) / 대구시 달서구 두류3동

뒤샹의 〈샘〉 스토커

마르셀 뒤샹의 소변기로 만든 작품인 〈샘〉은 파리 퐁피두 센터에 전시돼 있었다. 그런데 76세 관람객이 망치로 〈샘〉을 깨뜨렸다. 그는 1993년에도 〈샘〉에 오줌을 누었던 〈샘〉 스토커. 그는 자신의 행위가 전위예술가였던 뒤샹을 기쁘게 할 퍼포먼스라고 주장했다. 〈샘〉의 가치는 무려 36억 원이다.

작은 씨앗

🌏 희망은 절대로 당신을 버리지 않는다. 다만 당신이 희망을 버릴 뿐이다. (리처드 브리크너, 《망가진 날들》 중에서)

건강과 환경을 위해 자연을 입다

인도 북부의 산악지대, 사람 키의 두 배가 훌쩍 넘는 쐐기풀들이 무성하게 자라 있다. 차를 이용할 수 없어 일주일을 걸어 올라가야 하는 멀고 험한 곳. 오직 쐐기풀 채취를 위해 힘든 수고를 마다하지 않고 그곳을 오르는 사람들이 있다. 도대체 쐐기풀이 뭐길래?

나물로 먹고 약용으로 쓰는 쐐기풀은 질 좋은 천연 섬유자원이기도 하다. 거칠고 뻣뻣한 쐐기풀에서 부드럽고 가느다란 섬유가 나온다는 것이 믿기지 않지만, 4천년 전부터 옷이나 생활용품의 원단으로 쓰일 정도로 쐐기풀섬유의 역사는 길다. 하지만 면화가 대량생산되고 각종 화학섬유가 넘쳐나면서 오늘날 쐐기풀섬유는 자취를 감춰버렸다.

섬유업에 종사하던 정정철 님(47세)은 인도에서 우연히 부드럽고 튼튼한 쐐기풀 원사를 만져보고 한눈에 반했다. 그 뒤로 그는 인도 현지주민과 산스크리트로 된 문서 하나에 의지하며 7년 동안 홀로 쐐기풀을 연구했다.

"쐐기풀섬유는 안에 공기층이 있어 따뜻하고, 섬유질이 갈고리 모양으로 얽혀 있어 면의 10배, 대마의 3배 정도 질깁니다. 또한 그 단면을 살펴보면 마 같은 경우는 끝부분이 각진 반면, 쐐기풀은 휘어져 있어 입을수록 부드럽죠."

아토피 및 피부질환이 환경 탓도 있지만 우리 옷과 무관하지 않다고 한다. 흔히 면이라 하면 안심하는 사람들이 많지만 세계 살충제의 25%가 면화 경작에 뿌려지고, 색을 내기 위해 화학물질들이 쓰이니 피부에 좋을 리 없다. 반면 쐐기풀은 항균성이 뛰어나 해충이 없고 자생력이 강해 건강은 물론 환경까지 지킨다.

국내 최초로 쐐기풀 청바지를 개발한 정정철 님은 올 가을부터 시중 판매를 계획하고 있다. 그 밖에도 햇빛에 강한 쐐기풀섬유를 이용해 자동차 타이어에 들어가는 코드사, 바닷물에도 마모되지 않는 배의 닻을 만들어 수출할 생각이다.

"한정된 생산량과 까다로운 제작과정 탓에 어려움이 많지만 독일, 프랑스 등 유럽에서도 한창 연구가 진행 중이기 때문에 발전 가능성은 매우 높습니다."

아쉽게도 우리나라 쐐기풀은 키가 작아 섬유로 쓸 수 없다. 인도 쐐기풀이 중국을 거쳐 국내에 들어오는 기간만 6개월. 아직은 넘어야 할 산이 많지만 쐐기풀섬유의 잠재력을 재발견했다는 사실만으로도 가치는 충분하다.

장민형 기자

눈물 나는 아내 사랑

손 과장은 술 마시는 데 일가견이 있는 사람이다. 많이 마신다는 뜻이 아니라 술 마시고 주정하는 데 선수라는 말이다. 소주 몇 잔이면 얼굴이 달아오르고 온갖 기행이 시작된다. 손 과장의 기행 중에서도 백미는 단연 넥타이 물어뜯기. 주위 사람들의 넥타이를 모조리 물어뜯는 바람에 못 쓰게 되어버린 넥타이가 한두 개가 아니다.

노래방에서는 또 어떤가? 마이크를 한 번 잡으면 절대 놓지 않는다. 혹 옆에서 뺏을라치면 아예 마이크 줄을 온몸에 칭칭 감아버린다. 그러고는 누워서 노래한다. 그렇다고 노래를 잘하는가? 고래고래 악을 쓰는 소리가 발악을 넘어 완전히 소음이다. 아니 공해다. 그러나 이런 흉악무도한 만행에도 사람들이 자리를 뜨지 않는다. 사실 그런 그의 행동이 분위기 메이커 역할을 하는 경우가 많기 때문이다.

게다가 그에게 제법 멋진 술버릇이 있다. 술 마시고 동료들과 헤어져 집으로 돌아갈 때 꽃다발을 사 가는 것이다.

그날도 아수라장 같은 회식이 끝나고 각자 헤어졌다. 술자리의 폭군 손 과장도 예의 그 만취 상태의 늠름한 모습으로 당당히 귀가했다. 그는 아파트 문을 열고 들어서면서 늘 해왔던 것처럼 아내에게 꽃다발을 멋지게 쥐어줬다. 그런데 순간 아내가 소리쳤다.

"아니, 이게 도대체 뭐냐고?"

깜짝 놀란 손 과장이 정신을 차리고 봤다. 아내의 손에 들려 있는 것은 꽃이 아니라 대파 한 묶음. 시장에서 꽃을 산다는 게 술이 너무 취해 그만 대파 한 다발을 산 것이다. 그래도 아내 사랑의 그 기상은 가상하지 않은가?

《대한민국에서 봉급쟁이로 산다는 것은》, 권용철, 랜덤하우스중앙

가장 비싼 커피는 '코피루왁'

커피 열매를 먹는 사향고양이의 배설물 속에서 커피 열매의 씨앗을 골라내 잘 씻은 뒤 볶아서 만든다. 고양이 체내에서 이뤄지는 소화작용이 열매 껍질을 벗기는 작업인 셈이다. 이 커피는 체내의 효소분해 과정 덕분에 독특한 향과 맛으로 유명하다.

작은 씨앗

🌑 친절은 햇빛이며 그 속에서 미덕이 자란다. (잉거솔)

초록대궐로의
초대

박상인 님 궁궐지킴이

나는 대궐로 출근합니다. 그렇다고 '왕의 남자'는 절대로 아닙니다. 흉배 같은 '자원봉사 궁궐지킴이' 표찰을 목에 걸고 창경궁의 홍화문으로 들어섭니다. 지엄한 궁 안이라 처음에는 약간 위축되기도 했으나 햇수로 8년 가까이 드나드는 사이 추녀마루 위의 잡상도 사귀고 왕방울 눈 해치와도 친해져서 지금은 정겹게 맞아줍니다.

나의 정위치는 꽃나무가 철마다 자태를 바꿔 박수치며 환호하는 옥천교 앞. 그 자리에서 당신을 기다립니다. 늘 가슴 설레지만 오늘 손님은 그 옛날 창경원 시절을 회상하러 오신 연세 지긋하신 분들이면 더 좋겠다고 생각하는 사이, 40대를 갓 넘은 부부와 아들딸, 데이트 온 젊은이들이 다가옵니다. 마음을 여는 수인사를 나누고 안내 해설로 들어갑니다. 눈높이에 맞게 창경궁의 건립 배경을 가볍게 풀고 때로는 왕자와 공주, 왕의 언행을 함께 실습해봅니다. 단순한 지식보다 시간과 인간 그리고 공간을 가슴으로 느끼고 돌아가 우리 문화, 역사를 더 사랑하고 가까이 하도록 배려합니다.

몇 해 전 봄, 나의 궁궐이야기를 열성으로 듣던 분이 있었습니다. 처음 한 주는 궁궐에 아주 관심이 많으신 분이구나, 했으나 그 다음 주말부터는 하도 열심히 듣고 적고 하기에 무슨 파파라치가 아닐까 하는 생각도 들게 했던 분. 그해 여름 그 부인을 다시 만났습니다. 곁에 노트 든 초등생 아들딸과 함께. 그 엄마는 지난 봄, 자녀들에게 엄마의 또 다른 면모를 보이기 위해 그 먼 대구에서 주말마다 아침 기차 타고 상경, 창경궁에 와서 궁 해설을 다섯 번이나 들었고, 방학을 맞아 이렇게 엄마가 직접 궁궐을 설명한다고 했습니다. 놀라기도 하고 보람도 있었습니다.

창경궁 후원에는 유난히 진달래, 수다래, 산철쭉, 영산홍 같은 진달래 집안의 식물이 많지요. 불행했던 임금 연산이 철쭉과를 너무나 좋아해서 쫓겨나기 두 해 전 창경궁 후원에 일만 그루를 심으라는 분부를 내렸다고 합니다. 퇴궐하기 전에 선인문 앞에 속이 썩어 주저앉아 있는 해묵은 회화나무 가지를 부여잡고 사도세자의 비극을 옆에서 지켜본 현장 증언을 들어보길 권합니다. 궁궐에는 역사와 문화가 있고 더구나 속 깊은 안에는 왕의 숲이 있어 더욱 그윽합니다. 이 계절 소중한 당신을 웃전같이 모시려 하니 부디 입궐하셔서 잠시 호사 누리시기 바랍니다.

새댁이 남긴 아름다운 여운

토요일 아침, 일찍 일어나 우리 집에 함께 살던 새댁네 이삿짐 옮기는 일을 도와주었다. 짐을 다 옮기자마자 소형 카세트를 사려고 자전거를 타고 집을 나섰다. 골뱅이 같이 긴 골목을 빠져나가는데 재활용품

을 분리해둔 상자 위에 반짝이는 물체 하나가 있었다. 자세히 보니 조그만 종이가 붙어 있는 카세트였다.

'이 카세트는 사용할 수 있습니다. 필요한 분이 오래오래 사용했으면 좋겠습니다. 조작 방법을 모르시면 아래 번호로 전화해주세요.'

카세트 옆에는 쓸 만한 어린이 장난감 세 상자도 새 주인을 기다리고 있었다. 필요한 사람이 물건을 가져가 사용하라고 깨끗이 닦아 포장하고 메모까지 해둔 사람은 누구일까?

'참 예쁜 마음을 가진 사람이구나. 그런데 전화번호가 낯익네….'

콧노래를 부르며 집에 들어와 아내에게 카세트와 쪽지를 보여주었다.

"새댁네 전화번호네요."

그들은 이미 떠난 뒤였다. 새댁네는 신혼살림을 우리 집에 차리고 8년을 살았다. 그들은 우리를 아버지어머니로, 우리는 '새댁'으로 불렀다. 새댁 아들도 말을 배울 때부터 우리를 할아버지할머니라 부르며 한 가족처럼 지냈다. 새댁네가 살던 방문을 열어 보았다. 방바닥을 깨끗하게 닦아놓고 남은 쓰레기봉투 두 장까지 두고 간 새댁. 골목이 좁아 주차할 곳이 없었지만 불평 한마디 안 했고, 서로 얼굴 붉히는 일 한 번 없었다. 온 동네에 칭찬이 자자했던 새댁의 착한 마음이 가슴에 남아, 이곳에서 가족같이 지낼 새 사람이 기다려진다.

안영선 님 / 대구시 수성구 황금동

숲을 살리는 연어

가문비나무의 성장 속도를 조사해보니 연어가 사는 하천 주변의 나무가 다른 하천의 나무보다 3배나 빨리 자랐다. 연어는 새끼를 낳고 죽는데, 어미 연어의 몸에 있던 양분으로 새끼 연어는 자기 몸의 30.6%를 만든다. 죽은 연어의 몸에서 나온 영양분은 또한 나무 비료가 된 것이다.

작은 씨앗

금요일

23

오늘의 만남

허생에게 만 냥을
꿔준 변씨의 정체

🌑 눈이 밝으면 작은 물건까지 잘 볼 수 있고, 마음이 밝으면 보이지
않는 남의 마음 깊은 곳까지 잘 살필 수 있다. (수신강요)

'허생은 돈을 벌어오라는 부인의 성화에 못 이겨 도성 제일의 갑부 변씨를 찾아간다. "내가 집이 가난하여 무얼 좀 해보려고 하니 만 냥을 꾸어주시기 바랍니다." 변씨는 그 자리에서 만 냥을 내주었다.'

연암 박지원의 《허생전》에서 허생에게 돈을 빌려준 변씨는 변승업의 조부로 나오지만 변씨가 변승업이라고 보는 것이 일반적인 견해다. 변씨의 직업은 역관. 그는 어떻게 돈을 모았을까? 조선 시대 역관은 통역을 맡아보는 것이 주업무였지만 실제로는 무역업을 더 활발히 했다. 각 관아에서는 역관에게 돈을 주고 청나라 물품을 구입해 오게 했으니, 자연히 역관은 중개무역상이 되어 이익을 남길 수 있었다.

역관이 큰돈을 번 것은 일본과 청나라의 단절된 국교 때문이었다. 일본인이 청나라 물품을 사려면 조선에서 수입해야만 했다. 역관들은 청나라의 비단이나 명주실을 일본인에게 2~3배 비싼 가격으로 되팔아 큰 이익을 챙겼다. 거기다 귀한 약재였던 인삼 교역도 그들에게 부를 안겨주었다. 일본어 통역관인 변승업이 갑부가 된 것은 당연한 결과였다. 그의 아버지 변응성은 어렸을 적부터 자식들에게 외국어를 가르쳐 아들 중 여섯 명을 역관으로 배출했다. 부와 함께 직업이 세습된 것이다.

양반들은 역관이 가져온 외국 물품을 신기해하며 재빨리 사들였다. 하지만 아무리 돈이 많고 나라를 위해 외교관계를 매끄럽게 해도 역관은 중인 신분을 면치 못해 천대받기 일쑤였다. 그래서 그들은 기회를 만들었다. 일명 왕비 만들기 작전! 주인공은 장희빈. 그녀의 당숙 장현은 역관 출신의 큰 부자인 데다 장희빈의 외가는 잘나가는 역관 가문이었다. 궁중 나인에 불과했던 장희빈이 국모에 오를 수 있었던 것은 집안 재력으로 그녀의 세력을 키웠기 때문이다. 인동 장씨 가문의 바람대로 장희빈은 서인정권을 무너뜨리고 남인정권을 세우는 데 큰 역할을 했다.

역관이 나라에 끼친 영향력은 이뿐만이 아니었다. 그들은 탄탄한 외국어 실력과 정보 수집 능력으로 외국에서 화약을 밀수해 조선의 전투력을 향상시켰다. 역관 오경석은 병인양요 때 첩보활동을 통해 프랑스와의 전투에서 조선을 승리로 이끌었다. 조선의 상업을 왕성하게 해 경제를 발달시킨 역관. 그들은 시대 흐름에 빠르게 적응한 사람들이었다.

이하림 기자

스스로 만들어가는 재능

오늘의
생각

영국의 축구 선수 데이비드 베컴은 1975년 런던의 빈민가 이스트 엔드에서 태어났다. 축구를 좋아하는 아버지의 영향으로 어렸을 때부터 늘 축구를 하며 자란 그는 일곱 살 때 유소년 클럽에 들어갔다. 열한 살에 5,000명의 소년이 겨룬 축구 대회에서 1등을 하고 열일곱 살 때 프로축구에 데뷔했다. 그는 지금 최고의 실력을 갖춘 축구 선수이자 가장 유명한 부자가 되었다.

그는 축구 실력보다 빼어난 외모 때문에 사람들의 관심을 끌 때가 더 많다. 하지만 그는 끊임없는 연습과 노력으로 최고의 선수가 되었다. 베컴은 1990년대 영국의 유명한 축구 선수 에릭 칸토나를 존경했다. 사실 에릭 칸토나는 '그라운드의 악동'이라는 별명답게 숱한 말썽을 일으킨 선수였다. 베컴이 그런 칸토나를 존경한 이유는 그가 팀의 훈련이 다 끝난 뒤에도 혼자 남아 연습을 했기 때문이다. 칸토나는 공을 하늘 높이 차 올린 다음 떨어진 공을 컨트롤하는, 가장 기본이 되는 훈련을 하곤 했었다.

그런데 베컴도 칸토나 못지않은 선수다. 유소년 클럽에서 뛸 때 한 축구 클럽의 경영자가 그를 불러 리프팅을 해보라고 시켰다. 그런데 5회도 넘기지 못했다. 클럽 경영자는 베컴에게 실망해서 한 마디 했다.

"가장 기본이 되는 기술도 제대로 익히지 못하고 어떻게 훌륭한 선수가 된단 말이냐?"

어린 베컴은 의기소침해서 돌아갔다. 두 달 뒤 베컴이 클럽의 경영자를 찾아와 2천 회가 넘는 리프팅을 보여주었다. 그때 베컴은 여덟 살이었다.

베컴과 같이 뛰어난 선수들은 특별한 재능을 타고나는 것이 아닐지도 모른다. 단지 평범한 사람들이 가지지 못한 특별한 끈기와 인내심이 그들을 최고의 자리에 올려놓는 것이다.

편집부

우유와 두유 뭘 먹는 게 나을까

우유에 필수아미노산이 골고루 들어 있는 반면 두유는 그렇지 않다. 대신 두유에는 몸에 좋은 불포화지방산이 들어 있다. 우유엔 뇌 성장과 시력 발달에 필요한 콜레스테롤이, 두유에는 신경세포막 성분인 레시틴이 들어있다. 칼슘은 우유가 두유보다 5배 많은 반면 철분은 두유가 더 많다.

작은 씨앗

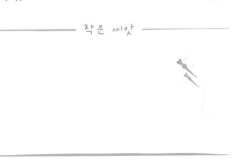

숨쉬기 운동 제대로 하기

이재성 님 한의사

현명한 사람은 기회를 찾는 것이 아니라 기회를 창조한다.
(프란시스 베이컨)

오랜만에 친구와 전화통화를 했다. "야, 요즘 운동 좀 하냐?" 물었더니 하루도 빼먹지 않고 꾸준히 하고 있단다. 다시 무슨 운동을 하는가 물으니 '숨쉬기 운동'이란다. 웃긴 얘기만은 아니다. 숨쉬기도 잘만 하면 건강을 지키는 데 큰 도움이 된다.

한의학에서는 입으로 들어가는 것은 '지기(地氣)', 코로 들어가는 것은 '천기(天氣)'라 한다. 하늘의 기운을 받아들이는 것, 이게 바로 숨쉬기다. 이것을 규칙적으로 고르게 해야 건강을 유지할 수 있다.

긴장하거나 화가 나면 숨이 얕아지거나 가빠지고, 어깨가 들썩거린다. 슬픔에 잠기면 후~ 내쉬는 숨이 많아진다. 두려움에 사로잡히면 숨이 탁 막힌다. 이렇듯 쉬지 못하는 숨은 기의 순환을 흐트러뜨리고 오장육부의 기능을 떨어뜨린다.

좋은 호흡이란, 숨을 고르게 하면서 깊이 쉬는 것을 말한다. 그러려면 복식호흡을 하는 것이 좋다. 복식호흡은 숨을 들이마실 때 배가 나오고 내쉴 때는 배가 꺼지는 호흡법이다. 어린이들은 애써 의식하지 않아도 복식호흡을 하며, 성인들도 잠잘 때나 휴식시간에는 의식하지 않아도 복식호흡을 한다. 그러나 긴장하고, 화내고, 피로하면 횡격막이 긴장돼 가슴만 부풀리는 흉식호흡을 하게 된다. 그래서 나이든 사람들은 어릴 때 숨 쉬던 방법으로 돌아가도록 연습할 필요가 있다.

폐에는 '허파꽈리'라는 조그마한 공기주머니들이 수없이 많은데, 이 주머니 하나하나에 공기를 충만하게 채워 폐를 쫙 펴줘야 한다. 그러려면 숨을 들이마실 때 코를 통해 들어온 기운을 마치 아랫배 깊숙한 곳까지 쭉 배달시켜준다는 느낌으로 깊이 들이마시면 된다. 허리를 펴고 편안하게 앉아서 하면 기운이 아래로 전달되는 것이 느껴질 것이다. 물론 누워서 하는 것도 괜찮다. 앉아서 할 때는 손을 아랫배에 대고 해보고, 누워서 할 때에는 손을 가슴에 얹고 해보라. 숨 쉴 때 가슴은 움직이지 않고 배만 움직이도록 연습하면 된다.

숨쉬기는 폐를 스트레칭하는 운동이다. 숨을 고르게 깊이 쉬면 몸속에 흐트러져 있는 기운이 고르게 되고, 마음도 편안해진다. 복잡한 세상 속에서 잠시 눈을 지그시 감고 숨을 가다듬는 것, 이것이 의외로 건강에 좋다. 하루에 세 번, 깊은 복식호흡을 해보자.

지우고 싶지 않은 흔적

12년 전 내가 시드니에서 구한 방은 완벽한 네모였다. 가구가 없었기 때문이다. 우리 부부는 쇼핑센터를 돌며 부자가 되면 구입하자고 멋진 가구들을 찜해 놓곤 했다.

그랬던 내가 사고를 쳤다. 혼자 가서 아주 큰 식탁을 구입하고 만 것이다. 아내로부터 어린애 둘 있는 집에서 8인용 식탁이 어울리냐, 라는 핀잔과 값이 싼 것으로 사지 이게 뭐냐는 소리를 귀에 딱지가 앉도록 들어야 했다. 하지만 나는 그 식탁에서 아이들과 공부도 하고 아이들이 자라면 사춘기 때 겪을 고민도 들어줘야지, 생각하니 행복했다.

셋째가 태어날 즈음 엄마가 시드니에 오셨다. 하루는 엄마가 점심으로 준비한 돌솥비빔밥을 식탁에 옮기는 찰나 전화벨이 울렸다. 엄마는 엉겁결에 뜨거운 돌솥을 식탁에 올려놓고 전화를 받았는데, 깜짝 놀라셨다고 한다. 아들이 며느리한테 싫은 소리 들어가면서 구입한 식탁 한쪽이 뜨거운 돌솥에 니스가 눌러붙어 하얀 속살을 드러냈던 것이다.

엄마가 한국으로 돌아가신 뒤 하얀 속살이 보이는 곳이 내 자리가 되었다. 아내는 내가 가장이니까 식탁 가운데 앉으라고 하지만 나는 그 자리가 좋다. 엄마의 흔적이 남아 있기 때문에….

나는 이민온 뒤로 명절, 부모님 생신, 어버이날 때에도 전화만 한다. "못가봐서 죄송해요." 엄마가 아파도 나는 영양갱 하나 사들고 갈 수가 없으니 없는 자식이나 마찬가지다. 멀리 떨어져 살면서 날마다 엄마를 느낄 수 있게 만드는 것은 엄마가 만든 흔적이다. 나에게 그건 즐거움이자 선물이다. 밥 먹을 때마다 엄마를 생각하게 만드니까 그것은 지워지지 않는 흔적이 아니라 지우고 싶지 않은 흔적이다.

류식 님 / 호주 시드니에서

상쾌한 기분이 드는 클래식 곡들

모짜르트의 디베르티멘토 제1번 D장조, 베토벤의 교향곡 제6번 F장조 〈전원〉, 베버의 가극 〈마탄의 사수〉 서곡, 슈베르트의 교향곡 제9번 C장조, 멘델스존의 교향곡 제3번 A단조 〈스코틀랜드〉, 슈만의 교향곡 제3번 E장조 〈라인〉, 바그너의 〈지그프리트의 목가〉, 요한 스트라우스의 폴카 〈사냥〉

작은 씨앗

특별한 자릿세

박경철 님 의사

나는 병원 앞 노점상으로부터 정기적으로 자릿세를 뜯고 있다. 한 달치가 이삼만 원 꼴이고 일 년이면 거의 삼십만 원 쯤 되는 적지 않은 돈이다. 내가 영세민을 갈취하는 조폭도 아닌데 자릿세를 받게 된 데는 그리 간단치 않은 사연이 숨어 있다.

5년 전, 친구들과 낙향해서 안동에 병원을 개원하기로 했다. 적당한 입지를 찾아 이리저리 분주하게 움직이다 태화동 구도심에 있는 빈 건물을 하나 발견했다. 구도심은 점점 퇴보하고 있었기에 우리는 비교적 적은 예산으로 제법 큰 건물 하나를 고를 수 있었고, 일사천리로 공사가 진행됐다.

그런데 작은 문제가 생겼다. 빈 건물 입구에서 과일 장사를 하시던 분들이 우리가 병원 공사를 시작하면서부터 생활 터전을 잃어버리게 된 것이다. 공사를 위해 인부들이 장비를 가지고 들락거리면서 이분들은 저절로 건물 모퉁이로 밀려나야 했다.

그러던 어느 날 공사 중인 건물에 들어서는데 검게 그을린 얼굴에 체구가 자그마한 아저씨 한 분이 내 옷깃을 붙들었다. 표정에는 대학시절 농민을 주제로 한 민중 판화에서 본 듯한 고단함이 그대로 묻어 있었다.

"원장님, 보시다시피 지가 몸이 안 좋아서 일을 못 하니더. 지가 할 수 있는 일이래야 자전거에 과일상자나 실어 나르는 정도라서 노가다도 못 나가니더. 정말로 입이 안 떨어지지만 원장님요, 우리가 절대로 방해 안 할 테니 저 병원 구석에서 이 장사를 조금만 하면 안 되겠니껴?"

아저씨의 표정에는 절박함만으로는 표현할 수 없는 절실함이 묻어 있었다. 하라마라 할 수 있는 성질의 문제가 아니었다. 사람을 살리는 곳에서 사람에게 죽어라 할 수는 없는 일이다. 그래서 아저씨네 과일 노점은 우리 병원 모서리 처마 밑에서 명맥을 유지했지만 그 벌이는 신통치 않았다.

그리고 그때부터 아저씨 부부의 상납이 시작됐다. 아무리 그러지 말라고 해도 여름이면 수박이, 봄에는 딸기가, 가을이면 천도복숭아가 한 꾸러미씩 내 책상 옆에 놓여 있었다. 처음에는 몇 번 돌려드리기도 하고 아예 과일 값을 지불하려고도 해봤지만 결국 내가 지기로 했다. 그게 두 분 마음 편하면 그냥 두리라 생각했고, 내가 할 수 있는

일은 직원들이 사는 척 위장해서 과일을 조금씩 사드리는 것이 고작이었다.

두 분은 그야말로 눈이 오나 비가 오나 하루도 그 자리를 떠나지 않았다. 한겨울이면 두 분이 비닐을 뒤집어쓴 채 칼바람을 맞았고, 30도를 넘나드는 염천에는 땀을 비 오듯 흘리면서도 장사를 거르지 않았다.

그러던 어느 날. 지난 5년간 매일 아침 출근길에 허리를 90도로 굽혀서 인사를 하시던 두 분이 보이지 않더니 그것이 일주일, 한 달로 길어졌다. 이리저리 수소문을 해봤다. 혹시 병원에서 서운한 일을 겪었는지도 모를 일이기 때문이다.

그러나 내용을 알아보니 우울증에 시달리던 아저씨가 스스로 새가 되어 세상을 버리셨다고 했다. 골이 깊게 파인 그 순박한 얼굴과 누런 이빨을 드러내던 사람 좋은 웃음 뒤에는 세상 사람들 아무도 모르는 고민과 아픔이 감춰져 있었던 것이다. 그러고 보니 나는 그분들이 어떤 삶을 살았는지, 집은 어디인지, 아저씨가 왜 마음의 병을 얻으셨는지 아는 것이 없었다.

그렇게 다시 한두 달이 지난 어느 날, 아주머니께서 응급실 모퉁이에 혼자 좌판을 차리셨다. 우리를 보자마자 예전처럼 허리 굽혀 인사를 하셨고, 우리도 짐짓 아무것도 모르는 척 마주 인사를 했다. 한편으로는 안도하면서도 마음이 무거웠다.

그날 오후에 직원들이 빨간 딸기 한 접시를 가져왔다. "옆에 아주머니가 원장님 드시랍니다." 아주머니가 다시 내게 상납을 시작하신 것이다. 반갑고도 목이 막혔다. 우리는 비록 늦었지만 퇴근길에 아주머니께 전하려고 작은 부조 봉투를 만들었다. 하지만 결국은 주머니 속에서 만지작거리다가 그냥 지나쳐야 했다. 이 봉투가 전해지면 아주머니는 내게 딸기를 한 서너 박스쯤 상납하실 것이 뻔했기 때문이다.

박경철 님은 경북 안동에서 신세계병원을 운영하고 있습니다. 《시골의사의 아름다운 동행》 1, 2권을 펴내 '시골의사'라는 필명으로 더 유명합니다.

사랑은 전염되는 것

얼마 전 인접 소대 병사의 아버지께서 백혈병으로 돌아가셨다. 다른 소대 병사지만 함께 근무를 섰던 적이 있어서 마음이 쓰였다. 하지만 그런 감정도 속으로만 삭인 채 지내다 보니 어느덧 잊혀졌다.

교육을 마치고 연구실에 있는데, 어제 포상휴가증이 걸린 장기자랑 대회에서 1등을 한 우리 소대 이중의 병사가 문을 두드렸다.

그는 대뜸 포상휴가증을 다른 사람에게 줄 수 있는지를 물어왔다. 평소 소대의 상담병으로 일하고 있는 병사였기에 혹 누군가가 내가 알지 못하는 말 못할 고민으로 힘들어하고 있는지 걱정됐다. 하지만 그의 입에서 나온 병사의 이름은 얼마 전 가슴 아픈 일을 겪은 인접 소대의 병사였다.

가슴이 뜨거워졌다. 지침상 포상휴가증을 타인에게 넘겨주는 것은 불가능했지만 동료를 생각하는 그 마음만은 꼭 전하고 싶었다. 그래서 오늘, 업무를 마치고 그의 따뜻한 마음에 나의 격려까지 얹어 늦게나마 아픔을 겪은 그 병사를 찾아가려 한다. '한 사람이 민감하게 깨어 있음으로 많은 이를 유익하게 할 수 있다'는 이해인 수녀님의 말씀이 나를 통해서도 이루어지길 기대하면서.

정영호 님 / 경기도 용인시 식금리

더 이상 열외란 없다

나는 사회에 있을 때 항상 열외를 좋아했다. 하지만 이런 내 생각이 틀렸다는 것을 군대라는 곳이 일깨워 주었다.

추운 겨울, 훈련병이었던 나는 야간 행군의 후유증으로 아킬레스건염에 걸렸고, 그로 인해 마지막 훈련평가인 3km 완전군장 뜀뛰기에 참여할 수 없게 됐다.

훈련 당일, 군장을 싸는 동기들을 바라보며 열외란 생각에 마냥 좋아했다.

연병장에 모인 그들은 목청껏 "파이팅!"을 외치며 출발했고 자신감에 차 있는 그들을 보니 왠지 혼자 남겨진 내가 부끄러웠다. 이런저런 생각에 잠겨 있을 무렵 내 눈엔 평생 잊지 못할 감동적인 장면이 들어왔다.

앞에서는 끌어주고 뒤에서는 밀어주며, 한 손에는 자신의 총을 다른 한 손에는 전우의 총을 들어주며 복귀하는 전우들, 그리고 한 명이라도 낙오시키지 않으려고 훈련병의 군장을 대신 메고 들어오는 분대장님들. 그 속에서 전우애를 함께 나누지 못했다는 사실이 안타까웠다.

그 뒤로 난 다짐했다. 앞으로는 열외로 특별한 사람이 될 것이 아니라 그 집단 속의 리더로서 특별한 사람이 되겠다고….

백수열 님 / 인천시 연수구 옥련동

싸웠던 친구와 화해하고 싶어
사과의 뜻을 담은 쪽지를 꾸깃
꾸깃 접어 책상에 슬쩍 놓았다.
그런데 친구는 쓰레기까지 버리
냐면서 화를 냈다.

양광민 님 / 대전시 서구 도마동

선생님께서 내 머리를 만지셨
다. 장난으로 "아~" 하면서 머리
를 털었는데, "진이 넌 내가 많
이 싫은가 보구나" 하셨다. 선생
님, 장난이었어요.

이연진 님 / 경남 거제시 양정리

내 진심을 몰라줘
서운했던 순간

친구가 되고 싶어 옆에 다가갔는
데 내 무서운 외모를 보고 두려
워하며 거리를 둬서 서운했다.

박도영 님 / 강원도 화천군 산양리

학교에서 처음 요리 실습을 했
다. 가족을 위해 먹고 싶은 걸 참
고 정성스레 싸왔는데…. 흑~ 모
두 저녁을 배불리 먹은 뒤라 반
응이 시큰둥했다.

우은경 님 / 경북 경산시 조영동

나무를 잘 키우고 싶은 마음에
물을 너무 많이 줬더니 나무가
죽어버렸다.

강환준 님 / 인천시 남구 주안5동

옷이 너무 예뻐서 사달라는 뜻으
로 엄마에게 "저 옷 예쁘지?" 했
더니, 엄마 왈 "응. 예쁘네~ 민아
야 떡볶이 먹을까?"

손민아 님 / 부산시 사상구 주례1동

약한 친구를 괴롭히는 나쁜 친구
들을 흠씬 두들겨줬는데 아버지
는 전후 사정도 모르고 저만 때
리셨습니다.

민두태 님 / 부산시 해운대구 좌동

선임병 사물함이 너무 지저분해
서 정리해 두었더니 자기 물건에
손을 댔다며 막 화를 냈다.

현정수 님 / 충남 계룡시 부남리

올갱이, 소라, 소래고둥 그리고 다슬기

그림 이 ○ 준 미

권오길 님 강원대학교 명예교수

에 따라 다르게 부르니 그 중에 하나인 '다슬기'를 골라 표준어로 정한 것이다. 그런데 '다슬기'란 말의 의미를 알 수 없어 마냥 통탄스럽다.

이들은 구름 낀 날이나 해거름에 주로 잡힌다. 햇볕이 강한 대낮에는 돌 밑에 기어 들어가 있다가 밖이 어둑해지면 기어 나와 돌 바닥에 곰실거린다. 그런데 바람이 부는 날에는 물살이 생겨서 강 밑이 보이지 않는다. 필요는 발명의 어머니! 둥근 플라스틱 테에다 유리를 박아서 그것을 물에 갖다 대면 물결에 상관없이 아래가 훤히 들여다보인다. 큰 수경인 셈이다. 다슬기는 연체동물인데 치설이라는 것으로 돌 바닥의 이끼를 핥아 먹는다.

흔히 시장에서 파는 다슬기를 강가에서 잡은 것으로 여기겠지만 그렇지 않다. 요새는 그것들도 산아제한을 하는지 많이 잡히는 곳이 거의 없다. 어부들이 댐에서 조개

'달팽이 뚜껑 덮는다' 라는 말은 상대방이 하는 짓(말)이 언짢아 입을 꼭 다문 채 좀처럼 말을 하지 않는 것을 빗대는 말이다. 여기서 말하는 '달팽이'는 땅에 사는 놈이 아니라 강이나 바다에 사는 고둥무리를 일컫는다. 밭가에 기어 다니는 땅 달팽이는 입에 '뚜껑'이 없으니 말이다. 이번 달에는 강에서 잡는 다슬기를 만나보겠는데, 이 분야가 필자의 전공이다.

다슬기는 내가 사는 춘천 근방에서는 달팽이라 부르고 경기도에선 다슬기, 소라, 충청도에서는 올갱이, 경북에서는 골뱅이, 경남에서는 소래고둥, 전라도에서는 갈고둥, 물비틀이 등으로 부른다. 이렇게 지방

긁정이로 긁어 잡은 것이다. 다슬기 잡는 이들을 어부라고 했지만 실은 패부(貝夫)라 부름이 마땅하리라.

다슬기가 가마니 떼기로 서울 경동시장에 들어오는 것을 보면 댐 바닥에 지천으로 널려 있는 모양인데, 두말 할 것 없이 중국산이 황사처럼 밀려든다고 한다. 이것들은 전국에 아홉 종이 퍼져 살며, 물이 빨리 흐르는 곳에 사는 놈들은 물살을 이기기 위해 구슬처럼 둥근 모양을 하고 있다. 물 흐름이 느린 곳에 사는 것들은 길쭉하며 껍질이 꺼칠하거나 주름이 나 있다. 지역과 장소에 따라 다슬기도 그 모양과 크기가 다르다.

잡아온 다슬기를 바가지에 쏟아 붓고 손바닥이 아프도록 여러 번 빡빡 문질러 껍질에 묻은 해를 씻어낸다. 그러고는 소쿠리에 받쳐 죄다 뚜껑을 열고 목을 한발이나 빼게끔 한참 두었다가 펄펄 끓는 물에 순간적으로 쏟아 붓는다. 경험보다 더한 지식은 없는 것이라, 입이 벌려져 빠져나온 상태로 삶아야 살을 빼기가 쉽다는 것을 터득했다. 굵은 바늘로 살을 콕 찔러 껍질을 뱅그르르 에돌려 뺀다. 푸르스름한 살점들이 그릇에 차곡차곡 쌓인다.

아리 송해~ 퀴즈
다슬기국을 먹을 때 사각사각 모래알처럼 씹히는 것은 무엇일까?

퍼렇게 우러난 국물은 홀홀 마시고, 꼬마 다슬기는 똥구멍 끝을 이빨로 깨문 다음 다슬기 입을 입에 물고 '혹' 빨아 당기면 속살이 목구멍에 툭툭 부딪친다. 어금니 사이에 씹히는 살은 부드럽고 매끈하면서도 달콤하고 쌉쌀한 맛이 일품이다. 아주 작은 놈은 통째로 씹어 먹던, 이가 좋았던 시절이 새삼 그리워진다. 틀니를 한 지금은 언감생심일 뿐.

이렇게 애써 간 알을 된장 푼 국물에 배추나 무청과 같이 오래오래 끓인 국이 그 유명한 '달팽이 해장국'이요, '올갱이 술국'이다. 그런데 다슬기국을 먹을 때 사각사각 모래 같은 것이 씹힌다. 그리고 잘 보면 다 먹은 그릇 바닥에도 까뭇까뭇한 모래알이 남아 있다. 과연 그것이 뭘까?

다슬기는 암수 딴 몸이라 암수가 짝짓기를 한다. 살모사의 알이 어미 몸 안에서 까여 새끼로 태어나듯이, 다슬기도 암놈 몸에서 수정하고, 알주머니 속에서 자라 말랑말랑한 껍질을 가진 어린 새끼가 되어 나오니 이를 난태생이라 한다. 탄산칼슘으로 된 껍질을 가진 새끼가 암놈 몸에 칠천여 마리쯤 들어 있다. 앞에서 바스락 씹었던 모래 알갱이가 다름 아닌 다슬기 새끼렷다!

'달팽이 박사' **권오길 님**은 신기하고 오묘한 생물이야기를 통해 우리 삶의 본질을 유쾌하고 재미있게 풀어놓는 과학 수필가입니다. 《꿈꾸는 달팽이》를 시작으로 《달과 팽이》까지 9권의 과학 에세이집을 내셨습니다.
지난호 퀴즈 정답은 10개 입니다. (**지난호 정답자** : 류희재, 박영문, 윤태경, 이안나, 장혁민 님)

출근하는 손들

잠 덜 깬 버스 한 대가
잠 덜 깬 사람들 앞에
눈치도 없이 다가와 덜커덩 멈춘다
해와 교대할 시간만 기다리는
출근길 새벽달이 지쳐 보인다

사람들이 다투어 올라타고
다투어 자리를 찾은 손들이
동그란 수갑에 벌서듯 매달린다

돈은 핏줄이 손등마다 얽히고
이를 악물고 있는 손톱들은
새벽달처럼 새하얗게 질려
잠 덜 깬 몸들을 매달고 있다

매달린 몸 뒤틀려도
생활의 중심을 찾아
삶의 무게를 한 손에 쥐고 있는
땀 젖은 손이 저리다

주선미 님

잠이 덜 깬 새벽 출근길, 버스 손잡이에 매달린 손들을 바라보면서 이 시는 생활의 중심과 삶의 무게를 한꺼번에 가늠해보고 있습니다. '새벽달처럼 새하얗게 질려 이를 악물고 있는 손톱', '벌서듯 매달린 손' 같은 1970년대식 비장감을 되씹고 있는 까닭은 아마도 삶의 무게를 한 손에 쥐고 있는 손들의 구실을 살려내기 위한 것으로 여겨집니다. 이 세상에 아픔을 겪지 않고 피는 꽃이 없듯이 생활의 중심을 유지하기 위한 이런 비장한 노력 또한 우리네 삶의 미래를 열어가기 위한 필연적인 단면인 것 같습니다.

정양 님 (우석대 문예창작학과 교수, www.jyang.org)

좋은님 자작시를 편집실로 보내주세요.
한 달에 한 편씩 정양 시인이 가려 뽑아 「좋은생각」에 싣겠습니다. **문의**

6월 넷째주

생각 디딤돌

벌써 1년의 반이 채워지는 주간입
니다. 중간 점검 한번 해보는 건
어떨까요? 자기 나름대로 열심히
살아온 6개월. 아쉬움은 없는지
혹 반성할 것은 없는지 그리고 내
가 생각해도 이건 참 칭찬받을 만
해, 하는 것은 없는지요.

25 일요일 · 6. 25사변일

26 월요일 · 음 6.1

27 화요일

28 수요일

29 목요일

30 금요일

일	월	화	수	목	금	토
				1	2	3
4	5	6	7	8	9	10
11	12	13	14	15	16	17
18	19	20	21	22	23	24
25	26	27	28	29	30	

만남과
헤어짐의 미학

차백성 님 자전거 여행가

🌑 고마워하면서도 고맙다고 말하지 않는 것은, 포장까지 해놓은 선물을 주지 않는 것과 같다. (윌리엄 A. 워드)

'**자**전거로 세상을 누벼라.' 3년 전 일본을 여행할 때 심수관 선생이 써준 글귀입니다. 그는 정유재란 때 잡혀온 도공의 14대 손으로, 일본에서 400년 넘게 우리 전통과 가업을 이어가는 세계 속의 한국인입니다.

"서울에서 자전거로 왔다"는 비서의 전갈을 듣고 선생은 공방(工房)에서 버선발로 뛰어나왔습니다. 우리는 오랜 시간 이야기를 나누었습니다. '지텐샤(자전거)'에서부터 세상 살아가는 이치까지. 헤어질 땐 "무엇을 하든 자기가 하는 일에 일가(一家)를 이룬다면 성공한 삶이 될 것이다. 그런 의미에서 군이 제2의 인생으로 선택한 자전거 여행에 모든 것을 걸어라" 하고 자신의 살아온 길을 압축해 덕담을 해주셨습니다.

자전거 여행가로 나선 지 4년이 넘었습니다. 어릴 적 꿈을 실현하기 위해, 오십의 나이에 안정된 직장을 그만두기란 쉬운 결정이 아니었습니다. 허나, 하나를 얻기 위해서는 하나를 버려야 된다는 것은 세상사의 자명한 순리였습니다.

청소년기였던 60년대는 해외여행이란 것이 특권층 외에는 먼 나라 사람들의 이야기였습니다. 보릿고개를 넘어갈 무렵, 김찬삼 씨의 세계일주 배낭 여행기는 청소년에서 어른까지 큰 반향을 일으키며 당시 힘든 현실의 카타르시스 역할을 톡톡히 했습니다. 나 역시 그 중 한 사람이지요. 그때 그분이 간 길을 언젠가 자전거로 돌아보기로 마음먹었습니다.

여행은 인생을 길게 합니다. 시간적으로 유한한 우리 삶을 풍요롭고 농밀(濃密)하게 사는 길은 공간의 확대, 즉 '여행을 많이 하는 것이다' 가 나의 지론입니다. 자전거 여행이란 투어(tour)가 아닌 져니(journey, 인생의 축도)입니다. '철저한 단독 여행' 이야말로 져니의 본질입니다.

'인간은 나태와 안락을 버리고, 연약한 존재로서의 자신을 탈피할 때만이 위대해질 수 있다' 라고 생텍쥐페리는 그의 작품《야간비행》에서 말하고 있습니다.

낯선 곳을 향해 길을 떠나는 것은 익숙한 것과의 이별을 뜻하는 동시에 새로운 것과의 만남을 뜻합니다. 여행지에 사는 사람 혹은 여행지에 여행 온 사람들을 만나기 위함입니다. 바퀴가 흐르면 풍경도 지나가고 사람도 지나갑니다. 잠시 정을 나누었던, 세상에서 다시는 보지 못할 얼굴들…. 여행을 통해 이별 연습을 합니다.

아버지의 아리랑

1983년 여름, 대대적으로 이산가족 찾기 생방송이 진행될 때였다. 어느 날 아버지는 여의도에 좀 갔다 오라면서 헤어진 가족들의 이름을 적어 나에게 주었다. 방송국 앞은 헤어진 가족들의 이름을 찾아 이리저리 헤매고 있는 사람들로 가득했다. 그러나 나는 그 이름들을 열심히 찾아보지 않았다. 집에 돌아온 나는 힘없는 소리로 아버지한테 말했다.

"못 찾았어요."

그럴 줄 알았다는 듯이 아버지는 아무 말도 하지 않았다. 아버지는 다음 날도, 또 그 다음 날도 그리고 방송이 끝나는 날까지 텔레비전을 보았다. 아버지는 고향에 두고 온 아이들을 자꾸만 떠올리는 것 같았다. 하지만 이북에 살고 있는 형들과 누나가 살았는지 죽었는지, 나는 별로 궁금하지 않았다. 아무리 피를 나눈 형제들이라지만 한번도 같이 살아본 적이 없어서 그런지 그처럼 그립지는 않았다. 텔레비전에 헤어졌던 가족들이 만나는 장면이 나오면 아버지는 소리 없이 울었다. 아버지는 나에게 눈물을 보이지 않으려고 나오지도 않는 코를 풀며 애써 헛기침을 했다. 나는 아버지가 적어 준 이름들을 열심히 찾아보지 않은 것이 자꾸만 마음에 걸렸다.

아버지가 돌아가시던 날 바람이 몹시 불었다. 눈물을 참으려고 애를 썼지만 불현듯 북받치는 아버지의 아리랑이 내 눈물을 터뜨리고 말았다. 지금이라도 당장 북에 살고 있는 두 형과 누나를 찾아가 아버지의 아리랑을 전해주고 싶지만 그럴 방법이 없다. 그저 아버지 고향에 다녀올 수만 있으면 좋겠다. 돌아가시기 며칠 전부터, 아버지는 자꾸만 말씀하셨다.

"통일이 되면 네 형들과 누나를 꼭 만나거라. 만나거든 버리고 떠나온 것이 아니었다고 말해주어라. 꼭!" 《저 산 어딘가에 아리랑이 있겠지》, 훈돌, 실천문학사

땅은 왜 '갈색'일까?

식물이 죽으면 흙 속의 미생물이 이를 분해하는데, 탄소는 잘 분해하지 못한다. 탄소는 햇빛 스펙트럼의 갈색을 반사하기 때문에 흙은 대부분 갈색인 것이다. 하지만 함유된 금속 종류에 따라 흙의 색이 달라진다. 철분이 많은 흙은 붉은색을 띠고 탄소 성분이 적으면 노랑, 빨강, 회색을 띠기도 한다.

작은 씨앗

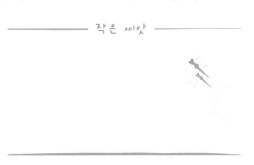

🌑 청춘이란 인생의 한 시기가 아니라 마음의 상태이다. (사무엘 울만)

달라이라마의 성전, 포탈라궁

혼자 조용히 여행을 떠나고 싶을 때, 낯선 곳에서 명상하며 참 자아와 대면하고 싶을 때. 당신이 지금 그런 마음이라면 순수한 영혼의 땅 티베트를 권한다. 그곳에 가면 티베트 사람들이 '살아있는 부처'로 여기는 달라이라마의 집을 구경할 수 있기 때문이다.

역대 달라이라마들이 살았던 포탈라궁은 해발 3,600 미터 홍산 위에 있다. 높이 117미터에 동서길이 360미터, 전체 면적 10만 평방미터에 달하는 거대한 집이 산 꼭대기에 얹혀 있는 것이다. 건물의 윤곽선이 산의 능선과 이어져 마치 건물이 산에서 솟아난 것처럼 보이는데, 그 덕에 라싸 시내가 한눈에 내려다 보이는 전망은 단연 최고다. 단, 궁에 오르려면 고산병을 감수해야 한다.

달라이라마가 왜 궁전에 살았을까? 불교 국가인 티베트에서는 종교 지도자는 곧 정치적 지도자였다. 그러니 '관세음보살의 성지'라는 의미의 포탈라궁은 사찰이자 왕궁인 셈이다. 5대 달라이라마가 이 궁을 건설한 17세기는 티베트 최고의 번성기였다. 그 덕에 연간 백만 명의 인력을 동원해 4년 만에 지을 수 있었던 것이다. 놀라운 건 복도와 계단으로 연결된 방이 무려 천 개나 된다. 화강암과 나무를 섞어 만든 외벽 두께만도 2~5미터 정도라니 궁의 큰 규모를 짐작할 만하다. 콘크리트와 쇠못을 전혀 쓰지 않고 나무를 철근 삼아 이렇게 큰 건물을 지었다니!

방 안에는 수많은 불교서적과 불상, 진귀한 그림들이 가득해서 포탈라궁을 불교 박물관이라고도 부른다. 역대 달라이라마의 시신을 방부처리해 모신 영탑전은 황금과 온갖 보석으로 치장돼 있어 티베트의 보물이란 보물은 전부 포탈라궁에 있구나, 하는 생각이 들 정도다. 종교와 정치가 하나인 신정 국가라 가능한 일이지만 티베트 사람들에게 포탈라궁이 얼마나 소중한 것인가를 알 수 있는 대목이다.

노벨평화상 수상자이자 《행복론》의 저자인 14대 달라이라마도 스물네 살 때까지는 포탈라궁에 살았다. 1959년에 중국이 티베트를 점령하자 인도 다람살라로 떠났던 것이다. 지금 티베트는 중국에 속한 자치구일 뿐이다. 그 때문에 달라이라마는 47년 동안 집에 돌아가지 못하고 있지만 오늘도 포탈라궁에는 오체투지(무릎과 팔꿈치, 이마를 바닥에 대면서 하는 절)로 몸을 낮추는 신자들로 북적거린다. 그들에게 포탈라궁은 여전히 부처의 집이니까.

김선례 기자

엄마의 건망증

큰애가 다니는 고등학교에서 신학기 학부모 총회가 열리는 날이었습니다. 선생님들의 인사와 소개, 1년간 아이들을 어떻게 지도할 것인지에 대한 설명이 끝나고 각 반끼리 모여 반 대표를 선출했습니다. 담임선생님과 따로 자리를 갖고 인사를 나눈 뒤, 집으로 돌아왔습니다.

그런데 학교를 마치고 집에 돌아온 아이와 얘기하다가 아이가 4반이 아니라 6반이라는 것을 알게 됐습니다.

'이럴 수가! 우리 아이 반도 아닌 엉뚱한 반에 가서 엄마들하고 인사를 나누며 차까지 마셨으니…. 게다가 반 대표라는 감투까지 썼는데, 이걸 어떻게 하지?'

부랴부랴 학년 총무 엄마에게 연락했습니다.

"아이의 반을 잘못 알고 있었네요. 4반 대표 다시 뽑아주세요. 그리고 저는 6반으로 올려주세요. 살다 보니 이런 일도 있네요. 정말 죄송합니다."

"나도 처음엔 우리 애가 7반인 줄 알았어요. 학교에 가서 확인해 보니 8반이지 뭐예요. 요즘 엄마들 이런 건망증 웬만하면 다 갖고 있대요."

언젠가 친구가 쓰레기봉투를 버리기 위해 집을 나서려는 순간, 손에 있어야 할 쓰레기봉투가 없어졌대요. 온 집안을 샅샅이 찾다 보니, 세상에! 장롱 안에서 쓰레기봉투를 발견했답니다. 바깥 날씨가 쌀쌀해서 옷장 문을 열고 외투를 꺼내다가 옷장 안에 쓰레기봉투를 고이 모셔둔 것이었죠. 그 이야기를 들으며 배가 아프도록 웃었는데, 이제는 내가 그 친구보다 더 심각한 상태네요.

배진옥 님 / 대전시 서구 둔산동

메텔 로봇

일본 애니메이션 〈은하철도 999〉의 여주인공 메텔이 로봇으로 제작됐다. 아사히신문에 따르면 키 170cm의 메텔 로봇은 신비한 캐릭터를 정교하게 본딴 것으로 기타규슈 공항에서 안내 서비스를 시작한다. 문의사항에 따라 공항 시설이나 교통편, 지역 편의 시설 등에 대해 말과 손짓으로 알려준다.

작은 씨앗

🎻 인생은 많은 사람 앞에서 바이올린을 홀로 연주하면서 그 악기를 배워가는 것과 같다. (새뮤얼 버틀러)

내 마음의 빈 공간

박진규 님 소설가

나는 글을 쓰는 사람이지만 말을 잘하는 사람은 아니다. 특히 여러 사람이 함께 있는 자리에서 언변으로 분위기를 주도하는 일은 꿈도 꾸지 못한다. 원래 타고난 체질이 낯을 가리는 편이기도 하고, 상대방에게 강하게 내 의견을 주장하는 일에도 관심이 없기 때문이다. 그래서인지 한창 소설을 습작할 때는 이렇게 말주변이 없는 사람이 작가가 될 수 있을까 라는 쓸데없는 걱정까지 했을 정도였다.

그렇다고 내가 타인과의 대화를 꺼리고 혼자만의 시간에 애착을 갖는 사람은 또 아니다. 나는 오히려 타인과의 대화를 사뭇 즐긴다. 특히 자기 이야기를 좀 더 편하게 털어놓을 수 있는 대화의 자리를 좋아한다. 그러자면 두 사람끼리의 대화, 아니 적어도 세 사람 이내의 대화가 가장 알맞다. 그 이상의 숫자를 넘어가면, 자칫 남 흉보는 일이나 자기과시로 넘어가기 십상이니까. 그런 대화는 시간을 때우기에는 좋지만 결국 아무것도 남지 않기 마련이다.

둘 또는 세 사람의 대화에서도 나는 자리를 주도하지 않는다. 먼저 나를 가볍게 낮추면서 상대가 편안하도록 만들어준다. 나의 사소한 실수담 등을 떠들어 상대의 입가에 미소를 짓게 만들면 일단은 성공이다. 그러면 그는 자연스럽게 자신의 부끄러운 이야기도 슬며시 보여준다. 사람들은 누구나 구질구질한 속내를 털어놓고 싶은 욕구를 가지고 있지 않은가.

그 다음이 중요하다. 상대가 무슨 이야기를 하든지 나는 걸러서 듣지 않는다. 선입견을 갖지도 않고, 그의 이야기가 아무리 마음에 들지 않아도 따지지 않는다. 가끔 고개를 끄덕이거나 적당한 추임새를 넣어서 상대방의 이야기를 듣고 있다는 의사 표시 정도만 할 뿐이다.

그러다 보면 어느새 내 마음 한곳에 여유 공간이 생기고, 그곳에 타인이 눈치 보지 않고 쉴 수 있는 벤치가 생기게 된다. 타인에 대한 이해란 어쩌면 내 마음 안에 작은 벤치 하나 들어갈 공간을 만드는 것이 아닐까?

소설가인 나에게 이 빈 공간은 더욱 중요하다. 소설가란 자기의 삶을 포장하는 직업이 아니기 때문이다. 소설이란 나와 타인이 함께할 수 있는 공간을 넓히는 작업이라고 나는 믿고 있다.

오늘의 생각

전보 한 장

명탐정 셜록 홈스를 탄생시킨 추리 소설가 코난 도일은 기발한 장난을 치기 좋아했다. 어느 날 그는 사회적으로 제법 높은 지위에 있는 몇 명의 친구를 골라 똑같은 내용의 전보를 띄웠다.

"이런 내용의 전보를 받으면 누구든지 깜짝 놀랄 테지."

코난 도일은 혼잣말로 중얼거렸다. 그때 부인이 방문을 열고 들어왔다.

"여보, 혼자 뭘 그리 중얼거리고 있어요?"

"그게 말이오. 사람들은 흔히 자기는 전혀 죄를 안 짓고 사는 것처럼 뻔뻔스럽게 행동하거든. 그래서 정말 죄짓지 않고 사는지 알아보기 위해 내가 전보를 띄웠다오."

"전보를 뭐라고 띄우셨는데요?"

"'탄로 났으니 어서 도망치시오' 라고 써서 평소 가장 도덕적으로 행동하는 친구들에게 보냈다오. 결과가 너무나도 궁금하군."

다음 날 코난 도일은 전보를 띄운 친구 집을 차례차례 방문했다. 그런데 누구 하나 집에 있는 사람이 없었다. 집에 돌아온 그는 한숨을 쉬며 부인에게 말했다.

"여보, 내 친구들은 모두 죄를 지었나 봐."

"모두 숨고 없던가요?"

"모두 어제부터 나가서 안 들어온다지 뭐요. 그래서 어디 갔냐고 물었더니 가족들도 모른다는 거야. 그 정도면 알 만하지."

코난 도일은 한 마디를 적은 전보 한 장으로 친구들의 됨됨이를 알 수 있었다.

편집부

흡연과 우울증은 복부 비만의 원인

인제대 일산백병원 가정의학과 오상우 교수는 "남자의 경우 술과 흡연이, 여자의 경우 우울증이 비만을 부른다"고 지적했다. 흡연자가 복부비만을 가지고 있을 확률은 비흡연자의 1.25배였다. 오상우 교수는 남자는 금주와 금연을 하고, 여자는 긍정적 사고를 하면 비만 예방에 도움이 된다고 말했다.

작은 씨앗

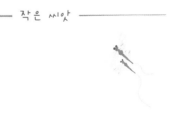

단순한 원칙
하나면 OK!

늘 울타리의 저편만 바라본다면, 그것은 울타리 안의 꽃들을 짓밟는 짓이다. (앤 윌슨 섀프)

오랜만에 동창회에 나가는 B양의 발걸음은 그 어느 때보다도 가볍다. 몸무게가 가벼워졌으니 발걸음도 가벼울 수밖에. 예상대로 친구들의 반응은 뜨거웠다. "무슨 운동했어?" "어떤 식이요법 썼어?" 쏟아지는 질문에 도도하게 던진 그녀의 한 마디. "내 다이어트 원칙은 날마다 줄넘기하기, 그뿐이야." "설마…" 별 방법을 다 써봤지만 다이어트에 실패했다는 친구들에게 그녀는 되물었다. "한 가지라도 꾸준히 해봤어?"

동기는 단순할수록 좋다 통통녀의 대명사 B양의 변신은 동창회 일대의 큰 사건이었다. 하지만 그 사건은 의외로 작은 요인에 의해 일어났다. 그녀가 다이어트를 결심한 이유는 고작 '예쁜 옷을 선물 받았는데 사이즈가 작아서' 였으니까. 하나의 목표를 정하고 원칙을 세울 때 거창한 동기는 오히려 부담스럽다. 단순한 이유로 시작된 작은 실천이 큰 변화를 부른다.

추상적인 원칙은 No! 학창 시절 교실 앞에 붙어 있던 '정직하자', '최선을 다하자' 등의 교훈은 실제 어떠한 행동으로도 이어지지 못했다. 무조건 굶는 다이어트가 실패로 돌아가는 이유도 분명한 행동 원칙이 아니기 때문이다. '하루에 천 개씩 줄넘기를 하자' 처럼 단순 명료하면서도 구체적인 원칙을 세우는 것이 중요하다.

작은 차이를 만들어라 좋은 다이어트 방법만 찾아다니다 포기하는 사람이 태반. 백만장자 세일즈맨으로 유명한 브라이언 트레이시는 말한다. 기발한 것을 찾지 말고 기존 사람들이 알고 있는 방법에서 조금만 차이를 두라고. B양은 줄넘기를 하기 전 빨리 걷기를 10분 정도 해서 몸을 풀어주고 시작했다. 이런 작은 차이도 하루하루 쌓이다 보니 결과적으로 몇 배의 효과가 나타났다.

전략적으로 접근하라 단순한 원칙이라도 무엇보다 꾸준히 할 수 있는 여건을 조성하는 것이 관건이다. 원칙을 지켜야 한다는 생각에 따로 시간을 낼 필요는 없다. B양은 좋아하는 드라마를 기다리는 광고시간이나 퇴근길에 집 앞 공원에 들러 가벼운 마음으로 운동을 하며 자연스럽게 원칙을 습관으로 만들었다.

물방울 하나는 힘이 없지만 오랜 세월 한 방향으로, 하나의 목표물을 겨냥하는 물방울은 돌이라도 능히 뚫을 수 있다. 눈에 띄는 변화가 없어 포기하고 싶을 때마다 멋진 몸매로 해변을 걷고 있을 당신의 친구를 상상해보라.

장민형 기자

기차 안에서의 하룻밤

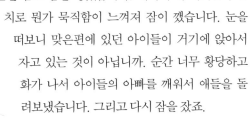

작년 6월, 인도에 배낭여행 갔을 때입니다. 델리에서 오후 7시에 출발해 다음 날 오전 7시에 바라나시에 도착하는 기차를 탔습니다. 기차에는 3단으로 나누어진 접이식 의자가 있었는데 등받이를 접으면 3층 침대가 되었습니다. 우리는 의자를 접어서 침대를 만든 뒤 자리를 잡고 누웠습니다.

맞은편에는 아빠, 엄마, 초등학생으로 보이는 남자아이와 여자아이 그리고 아기까지 앉아 있어 의자 한 칸이 꽉 찬 상태였습니다. 왠지 머쓱한 마음에 눈을 감고 잠을 청했습니다. 새벽에 내 머리맡과 발치로 뭔가 묵직함이 느껴져 잠이 깼습니다. 눈을 떠보니 맞은편에 있던 아이들이 거기에 앉아서 자고 있는 것이 아닙니까. 순간 너무 황당하고 화가 나서 아이들의 아빠를 깨워서 애들을 돌려보냈습니다. 그리고 다시 잠을 잤죠.

아침 6시에 일어나 맞은편을 바라보니 엄마랑 아기는 의자에, 아빠랑 아들은 바닥에, 딸은 의자 밑에서 잠을 자고 있었습니다. 주위를 둘러보니 자리가 없는 사람들이 바닥과 의자 밑에서 새우잠을 자고 있었습니다. 잠이 확 달아나며 얼굴이 화끈거렸습니다. 딱 하룻밤인데, 내가 아이들을 안고 잘 걸 하는 후회가 밀려왔습니다.

이런저런 생각을 하며 창밖을 보고 있는데, 어느새 잠에서 깬 남자아이가 창쪽 좁은 틈새에 앉아 창밖을 바라보았습니다. 같은 곳을 바라보는 소년과 나. 가슴 한구석이 짠하고 마음이 아팠습니다. 지금도 종종 그 소년이 생각납니다.

박지연 님 / 울산시 남구 달동

서번트 신드롬

뇌기능 장애를 가진 사람들이 천재성을 갖게 되는 현상. 자폐증은 좌뇌의 손상과 관련이 있으며, 천재성은 우뇌가 좌우한다. 이들은 지능은 낮지만 놀라운 우뇌의 힘으로 음악 연주나 계산, 암기 등에서 뛰어난 재능을 발휘한다. 영화 〈레인맨〉의 실제 주인공 킴 픽도 이에 해당한다.

작은 씨앗

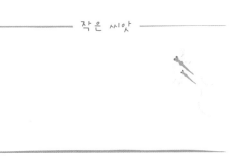

동물원의
야생동물들

이일범 님 대전동물원 수의사

🐾 운명이 당신에게 레몬을 주었다면 그것으로 레모네이드를 만들어라.
(데일 카네기)

우리는 흔히 야생동물이라 하면 넓은 초원을 뛰어다니는 얼룩말, 스프링벅, 들소, 기린 등을 먹잇감으로 노리고 있는 하이에나, 리카온, 표범, 사자 등의 박진감 있는 모습을 연상한다. 그러나 실상 동물원의 야생동물들을 보면 낮잠을 자거나 어슬렁거리며 휴식을 취하는 경우가 많다. 이런 모습에 실망하고 돌아가는 관람객들을 볼 때면 마음이 썩 편하지 않다.

갇혀진 울타리, 비좁은 방사장, 관람객들에 의한 스트레스로 축 처져 있는 모습들…. 과연 동물원의 동물들은 행복한 것일까? 그러나 이들 또한 그 나름대로의 환경에 적응하며 행복한 삶을 영위하려고 노력한다.

특히 봄이 되면 동물원의 동물들도 봄맞이로 바쁜 시간을 보낸다. 지난겨울 짝짓기를 마친 초식동물들은 새 생명을 탄생시키고, 겨울에 탄생한 곰들은 상쾌한 바람을 쐬기 위해 나들이를 서두른다. 열대동물들도 겨울동안의 내실 생활을 털고 일어나 외출을 보채고 있고, 추운 지방 동물들은 이른 아침부터 물속으로 들어가 겨울이 지나감을 못내 서운해한다.

그들 중에서 이즘을 가장 기다렸던 놈들은 조류가 아닌가 싶다. 짝을 찾아 구애행동을 하며 맘껏 몸단장 하는 모습은 흡사 전쟁터같지만, 짝을 이룬 쌍들이 둥지를 짓기 위해 바쁜 하루를 보내고 경계 또한 게을리하지 않는 모습은 화창한 계절에만 볼 수 있는 아름다운 모습이다.

이 많은 무리들 중 올봄 짝짓기를 한 수달 달봉이, 달순이에게 더욱 정이 간다. 그들은 각각 작년, 재작년 봄 어미의 품에서 떨어져 아사 직전에 이곳으로 와 각별한 치료와 보살핌을 받았다. 건강하게 성장한 달봉이와 달순이가 서로 얼굴을 익힌 지 1개월이 지났을 때 조심스레 둘의 합방을 시도했다. 서로 싸우면 어떻게 하나 마음 졸이던 걱정은 기우에 불과했고 둘은 금방 친해져 3개월간의 깨소금 같은 신혼생활을 마쳤다. 오늘 아침, 그들은 아기 수달의 탄생을 손꼽아 기다리는 동물원 식구들에게 반갑게 문안인사를 한다.

초록의 향긋한 내음과 따스한 햇볕을 어느 누가 싫어하겠는가? 사람들과 마찬가지로 동물원의 동물들도 저마다 이 계절을 즐기고 그 속에서 행복을 느낀다.

조왕신 입에 엿을 붙이다

부엌에는 어머니 말고 또 다른 분이 계셨다. 그니는 집안에서 으뜸가는 여신인 조왕신이다. 그니는 일 년 동안 그 집에서 일어난 대소사를 눈여겨 보고 있다가 음력 12월 25일이면 옥황상제에게로 간다. 아궁이를 지나 굴뚝 을 통해서 하늘로 가는 것이다. 조목조목 옥황상제에게 그 집 사람들이 한 착한 일과 나쁜 일을 말하고는 섣달 그믐날 다시 돌아온다. 옥황상제는 조 왕신이 보고하는 것을 토대로 극락과 지옥으로 보낼 사람을 구분하는 것이 니 무시무시한 일이 아닐 수 없다.

그러니 일 년 동안 나쁜 일을 많이 했다고 생각하는 사람들은 12월 24일 밤에 흙을 개어 아궁이를 막아 버리거나 엿을 붙여두곤 했다. 조왕신을 아 예 옥황상제에게 가지 못하게 하거나 가더라도 조왕신의 입에 엿이 달라붙 어 입이 잘 벌어지지 않게 하려는 것이었다.

할머니는 그 이야기를 너무도 진지한 얼굴로 해주었다. 그 탓에 형제들은 모두 사실로 믿었던 것이다. 초등학교 1학년 때, 어머니 몰래 아궁이에 엿을 붙여놓았던 적도 있었다. 그해 봄에 내가 집에 불을 냈기 때문이다. 다행히 불은 이내 꺼졌지만 나는 옥황상제가 그 일을 알면 가만두지 않을 것이라고 생각했다. 다음 날 아침, 어머니와 아버지는 배꼽을 잡고 웃으셨고, 나는 아 궁이에 붙인 그것이 밤새 녹아내려 떼어 내느라 고생만 했다.

뒤에 그 이야기를 들은 할머니가 "지누야, 그래 겁나디라. 담에 내가 조왕 할매한테 물어보이 그거는 말 안 했다 카더라. 그라이 내년에는 엄마 말 잘 듣고 형제들하고 친구들하고도 싸우지 말고 그래야 된데이, 알았제?"라고 하셨다. 나는 주눅이 들어 "예"라고 하긴 했지만 다음 해에 대답처럼 정말 그랬는지는 잘 기억나지 않는다.

《이지누의 집 이야기》, 이지누, 삼인

재촉하지 말라

다친 달팽이를 보거든 돕지 말라. 그 스스로 궁지에서 벗어날 것이다. 당신의 도움은 그 를 상심하게 할 것이다. 제자리를 떠난 별을 보거든 별에게 충고하고 싶더라도 그만한 이유가 있을 것이라고 생각하라. 빨리 흐르 라고 강물을 떠밀지 말라. 강물은 나름대로 최선을 다하고 있는 것이다. (장 주슬로)

작은 씨앗

🌑 사랑이 없는 청년, 지혜가 없는 노년은 이미 실패한 일생이다.
(스웨덴 속담)

좋아하는 일을
하고 산다는 것

윤주희 님 해금연주가

아침에 눈을 떴을 때 가장 먼저 보이는 것, 그리고 느끼는 것은 사람마다 다르기 마련이다. 어떤 이에겐 옆에서 곤히 잠든 사랑하는 아내일 수도, 또는 텅 빈 방 안의 무거운 침묵과 간밤에 켜놓은 TV 속 아나운서의 말끔한 모습일지도 모른다. 내겐 눈을 뜨면 제일 먼저 보이는 것이 침대 옆에 곱게, 때론 이리저리 정신없이 펼쳐져 있는 해금이다.

그리 크지 않은 여학생의 방엔 책상, 침대, 옷걸이, 화장대 등 놓여 있는 것도 참 많다. 그 때문에 어느덧 네 대나 되어 버린 해금들은 그것들을 제외한 공간에 옹기종기 모여 있게 되었다. 언제나 옆을 보고 자는 버릇을 가진 나는 아침에 눈을 떴을 때, 내 시선이 닿는 곳에서 제일 먼저 악기들을 발견하며 하루를 시작한다.

어느덧 해금이란 악기를 시작한 지도 올해로 딱 10년이 되었다. 언제부턴가 내 이름 앞엔 해금연주가라는 수식어가 자연스레 따라다니기 시작했다. 내 이름 말고도 나를 얘기할 수 있는 단어가 생겼다는 것이 참 즐거우면서도 책임감이 몹시 느껴진다. 열심히 노력하다가도 나태해지고, 희망에 부풀었다가 좌절하기도 하고, 또 그것을 극복하는 것을 수없이 반복한다. 허나 그렇게 준비하여 무대 위에 올랐을 때 느끼는 감동은 정말 겪어보지 않고는 모른다. 아마도 그런 선물이 있기에 연주자들은 그 길고 긴 외로운 길을 힘내어 걷고 있을 것이다.

하지만 내게도 종종 슬럼프란 것이 통과의례처럼 찾아오곤 하는데, 나는 그때마다 악기를 잠시 놓고 내가 좋아하는 또 다른 일에 몰두하며 힘을 얻는다. 그리 잘 쓰는 솜씨는 아니지만 어릴 적부터 글 쓰는 것을 참 좋아했다. 짧게는 동화에서부터 길게는 소설에 이르기까지. 책을 읽는 것도 좋아하지만 아무것도 없는 백지에 무엇인가를 창작해내는 행위는 몇 배로 값지고 즐거운 일이다. 같은 시대에 같은 세상에 살고 있더라도 사람마다 갖고 있는 생각과 느낌은 각기 다르다. 그런 자신의 감정과 느낌을 음악과 글에 담을 수 있다는 것. 그리고 그것이 평생 업이 되는 것이야말로 가장 행복한 일이 아닐까. 자신이 좋아하는 일을 하고 산다는 것은 그리 힘든 일이 아니다. 스스로의 마음에 귀를 기울이고 자신이 진정으로 원하는 것을 찾아내 최선을 다하는 일이 아니겠는가.

값을 매길 수 없는 것

미국의 듀크대학교 농구부를 세 번이나 남자농구 정상에 올려놓은 마이크 시셉스키 감독. 군부대 농구감독이었던 그가 대학교 농구부를 맡는다고 하자 사람들은 적응하지 못할 것이라고 수군댔다.

시셉스키는 감독직을 맡자마자 농구부의 개인별 성적 기록표를 없애 버렸다. 지나친 경쟁심은 팀 결속력과 화합을 해친다는 이유에서다. 얼마 뒤 듀크대학교 농구부는 사람들의 우려를 깨고 1991년, 1992년 대학농구 챔피언을 차지했다. 2001년에도 우승컵을 거머쥐었다.

선수들의 실수와 잘못에 대해 다그치기보다는 함께 대화하고 고민하며 문제 해결 방법을 제시했던 시셉스키는 눈물과 위로를 소중히 여겼다.

그런데 2004년 프로 농구팀 LA레이커스가 시셉스키 감독에게 5년 연봉으로 약 460억 원을 제시하며 감독직을 맡아 달라고 요청했다. NBA 챔피언에 14번이나 오른 뛰어난 팀이었다. 하지만 그는 제안을 거절했다. 듀크대의 한 학생에게서 받은 한 통의 전자 우편 때문이었다.

시셉스키 감독이 LA레이커스로 갈 것이라는 기사를 보고 충격에 휩싸인 험프리스는 다음과 같은 전자 우편을 써 보냈다.

'당신은 전국에서 흩어져 자란 학생들을 하나의 가족으로 묶어준 분입니다. 한 명의 선수는 손가락 한 개에 불과하지만 다섯 명으로 뭉치면 단단한 주먹이 된다고 가르쳐 준 분입니다. 당신은 듀크대 전 학생들의 스승이기도 합니다. 부디 저희들의 감독으로 남아주세요.'

이메일을 읽은 시셉스키 감독은 "24년 동안 사랑을 함께한 듀크대는 값을 매길 수 없는 영원한 코트이다"라고 말하며 64세가 되는 2011년까지 듀크대 농구부를 맡기로 했다.

편집부

시들한 화초엔 알코올이 보약

미국 코넬 화초구근연구소는 위스키와 보드카, 진 등의 술을 물에 섞어 화초에 줬더니 잎과 줄기가 웃자라는 현상을 멈추고 튼튼해졌다고 밝혔다. 그는 지금까지 수선화에서 효과를 입증했고, 튤립에서도 희망적인 결과를 얻었다. 그런데 맥주와 포도주는 당분이 많아 효과가 없었다.

작은 씨앗

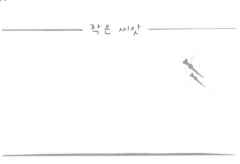

아빠를 용서해줘서 고맙다

내가 퇴근할 시간에 맞춰 아내가 맛있는 저녁을 준비해 놓고, 현관문을 열고 들어서면 아이들이 아빠를 반기는 따뜻한 가정. 초등학교 6학년짜리 딸아이가 엄마가 아닌 나한테 목욕을 시켜 달라고 할 정도로 사이가 좋은 부녀지간. 그러나 행복한 가정은 순식간에 허물어졌습니다. 아내가 미안하다는 편지만 남긴 채 낯선 남자를 따라 우리 곁을 떠나버렸기 때문입니다.

그날 이후 나는 아내의 빈자리를 느끼기 싫어 술독에 빠졌고, 노름에까지 손을 대며 두 딸을 돌보지 않았습니다. '이렇게 살다가 죽으면 그만이지' 라고 생각했습니다.

술에 잔뜩 취해 집에 온 날, 아이들이 보이지 않았습니다. 알고 보니 어머님이 아이들을 데리고 가셨더군요. 엄마를 빼닮은 아이들이 보기 싫어 다시 데려오지 않았습니다.

너무 오래 절망의 수렁에 빠졌던 걸까요. 어느새 나는 '범죄' 라는 목걸이까지 걸고 수감 생활을 하고 있습니다. 언제 이렇게 되돌아올 수 없는 강을 건넜을까요. 교도소에서 나를 책망하고 있을 때 어머님으로부터 아이들 소식을 듣고 충격을 받았습니다. 못난 아빠 때문에 아이들이 나쁜 길로 간다는 것이었습니다.

그제야 마음을 바로잡고 기도했습니다. 부디 아이들이 바른 길로 갈 수 있게 도와달라고요. 그러고는 아이들에게 용서를 받기 위해 계속 편지를 보냈는데 지난해 겨울, 처음으로 아이들이 어머님과 함께 면회를 왔습니다. 못 본 사이 훌쩍 커버린 아이들은 한참 동안 눈물만 흘리더니 "아빠 저희를 봐서 힘내세요. 죄송해요"라고 했습니다.

두 공주님의 눈물로 얼룩진 편지를 읽을 때마다 눈가에 눈물이 그렁그렁 맺힙니다. 오늘 밤도 두 손 모아 기도합니다. 좋은 아빠가 될 수 있도록 도와주시고, 아이들도 행복하게 해달라고요. "얘들아, 아빠를 용서해줘서 고맙다. 아빠도 너희를 사랑한다."

이수철 님(가명) / ○○교도소에서

참회와 눈물로 성숙해 가는 이들에게 따뜻한 박수를 보내주십시오. 「좋은생각」으로 이분들에게 사랑과 희망을 전하고 싶은 좋은님께서는 전화, 우편, 인터넷으로 '새벽 햇살 담당자'에게 연락 주시면 저희가 1년 동안 좋은생각을 전해드립니다. 2006년 4월에는 윤수경 님 외 11분이 재소자 23분에게 전해드렸습니다. 좋은생각을 받아 보고 싶은 재소자께서는 아래 주소로 편지를 보내주시면 접수 순으로 1년 동안 보내드립니다.
전화 : (02)337-0332 주소 : 서울 서대문우체국 사서함 100호 (120-600)

바둑판의 성대모사

바둑TV 편성 PD 김수안 님

프로 기사들이 바둑을 한 판 두는 데 걸리는 시간은 대략 6~8시간. 허나 TV에서는 1시간 동안 바둑판과 손만 보여주며 대국 중계방송을 한다. 물론 생방송은 아니다. 그때 바둑을 두는 손은 프로 기사일까? 손을 비추는 카메라를 줌 아웃 해보자. 엉뚱한 얼굴들이 화면에 나타난다. 그들은 녹화방송에서 프로 기사처럼 바둑돌을 놓으며 시합을 재연하는 숨은 배우, 바로 '복기맨'이다. 우리나라에 프리랜서를 포함해 6~8명이 활동하고 있는데, 그 중 김수안 님(34세)은 1998년~2002년까지 복기맨으로 활동했다.

"아마추어바둑대회 우승자가 '복기맨 활동이 큰 도움이 됐다'라고 말하는 인터뷰 기사를 본 뒤 바둑TV를 찾아가서 복기맨이 되고 싶다고 매달렸죠."

돌 놓는 폼이 좋았던 그는 바둑과 관련된 책을 150권 이상 읽으며 복기맨으로서 실력을 다졌다. 복기맨은 프로 기사들의 기보(바둑의 대국 내용을 기호로 기록한 것)를 보며 돌을 놓는데, 해외에서 시합이 열리면 프로 기사가 놓는 수를 컴퓨터로 전송받아 녹화장에서 즉시 따라한다. 금강산에서 열린 바둑대회장에는 컴퓨터가 없어 기보를 팩스로 전송받기도 했다.

개그맨들이 특정인 성대모사를 하듯이 김수안 님은 프로 기사 이창호 님의 흉내를 잘 낸다.

"그는 자신에게 좋은 수일수록 부드럽게 돌을 내려놓아요. 상대방에게는 나쁜 수니까 미안해서 그런 것 같아요. 반면 바둑 두는 폼이 엉성한 이세돌 기사 흉내는 내기 어렵죠."

이세돌 님 바둑 폼을 재연할 땐 간혹 시청자가 항의전화를 한다. 왜 그렇게 폼이 나쁜 사람을 데려다 복기맨을 시키냐고. 하지만 특정 기사의 폼을 잘 재연한다고 해서 그 사람 역할만 전담하지는 않는다. 여자 프로 기사의 대국 중계 때는 여자 손으로도 변신한다.

TV에서 손만 보여주니 돌 놓는 자세만 신경 쓰이는 건 당연한 일. 그래도 복기맨 유니폼이 있다. 시청자가 바둑에만 집중할 수 있도록 무난한 색에 깔끔한 디자인의 셔츠를 입고 바둑을 둔다. 손을 뽀얗게 메이크업하는 것도 필수!

고수일수록 돌 놓는 솜씨가 좋지만 고수이더라도 복기맨이 될 수 없는 사람이 있다. 손가락이 굵은 사람, 과음 때문에 손이 덜덜 떨리는 사람, 왼손잡이인 사람은 안 된다.

김수안 님은 복기맨 아르바이트를 할 때 가족들이 취업하라고 성화하는 바람에 참 귀가 따가웠단다. 그럼에도 그는 바둑돌을 놓지 않았는데, 하늘도 스스로 돕는 자를 아는 걸까? 복기맨 5년째, 실력을 인정받아 김수안 님은 바둑TV 편성 PD가 되었다.

글·사진 / 이하림 기자

어떤 새보다 가장 높이, 가장 빠르게, 가장 멋지게 나는 꿈의 집착에서 벗어난 갈매기 조나단은
또 다른 삶의 의미를 깨달았다. 그것은 사랑이다. (《갈매기의 꿈》 중에서)

잘 놉니다

강찬중 님 / 대구시 달서구 감삼동

정년퇴임한 지도 벌써 여러 해가 지났다. 가끔 친구들에게서 근황을 묻는 전화를 받는다. 그럴 때마다 나는 "잘 논다" 하고 대답한다. 나이가 많은 사람에게 '잘 노는 일'은 건강의 척도이며 매우 중요한 일이다. 해넘이의 나이에 들어서 주위로 눈을 돌리니 병약하거나 다른 일로 힘들어하는 사람들이 적지 않다. 잘 놀지 못한 탓이 아닐까 싶다.

세상이 많이 변했다. 50여 년 전만 해도 아이를 돌보거나 살림하는 것은 대체로 여자의 몫이었다. 남자인 내가 다른 일을 모두 접고 아이를 돌보는 것은 상상하기 어려웠다. 친구들은 '어떻게…' 라고 애절한 생각을 하지만 관점을 달리하면 축복받은 일이다.

맏손녀는 주말에는 제 집에 갔다가 평일에는 나와 함께 지낸다. 지난해에는 유치원에 입학했다. 아직 어려서 걱정했는데 손녀는 투정 한 번 안 부리고 잘 다니고 있다.

아침 유치원 버스를 타기 위해 횡단보도 앞에 서면 "할아버지, 파란불이 켜지면 손

그림 | 손미정

을 들고서, 오른쪽 왼쪽을 본 뒤 건너야 해요" 한다. 어른들도 잘 지키지 않는 규칙을 어린 유치원생은 날마다 실천하고 있다. 오후 2시, 버스에서 내린 손녀의 손을 잡고 집으로 온다. 빵집 앞에서 손녀는 내 옷을 당기며 작은 목소리로 말을 꺼낸다.

"할아버지, 군고구마 빵 먹고 싶어, 사주면 안 될까?"

"그래." "고마워."

조그만 일이라도 도와주면 언제나 "고마워"라고 말한다. 세상을 편안하게 하는 아름다운 말이다. 밤 9시에 잠을 자면 키가 큰다는 선생님의 말씀에 손녀는 베개를 들고 와서 곁에 눕는다. 왜 해야 하는지 그 이유보다 선생님 말씀을 신뢰하는 마음이 예쁘다. 신뢰는 사랑이다.

반듯하게 자라는 아이의 모습을 지켜볼 수 있어 즐겁다. 늘 기쁨과 함께하니 이것이야말로 살맛 나는 인생이다. 지금 할아비에게 가장 중요한 일은 '아이를 돌보는 일'이 아닌 맏손녀와 '잘 노는 일'이다.

아저씨, 고맙습니다

김지숙 님 / 경기도 광명시 광명2동

이혼한 뒤 나와 아이, 둘만의 생활이 시작됐습니다. 1년 동안은 건강보험료를 낼 수 없을 만큼 생활이 어려웠습니다. 다행히 모자가정은 보험료의 30%를 삭감해 주어서 지금은 밀린 금액을 매달 조금씩 내고 있습니다.

어느 날 전기검침원이 집에 왔습니다.

"이번 달에는 전기를 좀 많이 쓰셨네요? 4만 8천 원이 나왔어요."

"네? 저는 지금껏 살면서 3만 원 이상 내 본 적이 없어요."

"음… 그래요? 내일 계량기를 한번 시험해볼게요."

다음 날, 50대 후반으로 보이는 아저씨가 오셨습니다. 아저씨는 집 안의 전기제품을 하나하나 확인하셨습니다.

"낮에도 형광등을 켜놓으시나 봐요?"

"집이 반지하라서 그런지 낮에도 어두워서 늘 켜놓고 있어요."

"형광등도 오래 켜놓으면 전기세 많이 나와요. 특히 방 안의 조명등보다 거실 조명등의 전기가 2배나 더 많이 들죠. 방에서 생활하시는 시간이 많다면 거실의 형광등은 꺼두세요. 전기압력밥솥으로 밥을 지을 때도 에어컨을 켜는 것과 비슷한 양의 전력이 소비됩니다."

아저씨의 친절한 설명을 듣고서야 비로소 전기세가 많이 나온 이유를 알 것 같았습니다. 혹시 건강보험료처럼 전기세도 할인 혜택이 있지 않을까 싶어 아저씨께 물었습니다.

"죄송합니다. 전기세는 국민기초생활수급자에게만 요금을 할인해 드립니다. 모자가정이셨군요. 잠시만 기다리세요."

다시 돌아온 아저씨는 내게 비누 두 상자와 절전 콘센트를 주시며 "제가 드릴 수 있는 게 이것밖에 없네요. 죄송합니다"라고 말하셨습니다. 아저씨의 친절이 너무나 고마울 따름이었죠.

그런데 다음 날, 그 아저씨께서 또 우리 집을 방문하셨습니다. 이번엔 20kg짜리 쌀이 아저씨의 손에 들려 있었습니다.

"제가 도와드릴 게 이것밖에 없네요."

환하게 웃고 계신 아저씨께 나는 괜찮다며 사양했습니다. 그러나 아저씨는 쌀 포대를 내게 안겨주신 뒤 계량기를 들여다보셨습니다.

"어제 제 말대로 하셨어요? 우와! 지금처럼만 사용하시면 한 달에 2만 원도 안 나올 것 같아요."

자기 일처럼 기뻐하는 아저씨를 보며 가슴이 뭉클해졌습니다. 그날 경황이 없어서 아저씨의 성함도 못 물어봤네요. 아저씨, 고맙습니다. 그 고마움 말로 다 표현할 수 없지만, 내 마음속에 영원히 남아 있을 거예요.

오늘도 딸을 미장원에 보낸다

양창호 님 / 서울 금천구 독산1동

오후 1시, 일하다 말고 작은 플라스틱 통에 오백 원과 머리핀을 넣는다. 딸이 학교에서 돌아오면 그 통을 손에 들려 미장원에 보낸다. 학교도 아니고 방과 후 어린이집에 가는 것인데 왜 돈까지 주고 머리를 묶느냐고요? 아빠 생각은 이렇다. 여자는 머리 모양, 머리핀 하나에 완전히 다른 이미지로 변신한다. 신이 주신 아름다움의 대상이라고나 할까. 그래서 나는 아내가 임신했을 때부터 머리핀을 사다 날랐다.

사업 실패로 아내가 떠난 뒤 딸아이 명주와 함께 살면서 가장 힘들었던 것은 날마다 우유병을 삶는 일이었다. 그러나 산 넘어 산이라고 그 일을 졸업할 때쯤엔 아침마다 아이의 머리를 묶어줘야 했는데, 손이 서툴러서 고생스러웠다. 어느 날에는 미미인형의 머리를 묶으며 연습을 하기도 했다. 그런 내 모습을 보며 눈물이 찔끔 나오기도 했다. 그러나 아빠 혼자 키우는 딸이라는 표시가 나지 않도록 정말 예쁘게 묶어주고 싶었다.

어린이는 아빠의 거침없는 사랑 반, 엄마의 섬세한 사랑 반을 먹고 자라야 한다. 하지만 내가 아무리 딸아이에게 사랑을 주어도 한계가 있다. 내가 엄마가 될 수는 없기 때문이다. 결국 미장원에 갔다. 아이 머리를 묶어주는 데 얼마냐고 물었다. 내 소원은 우리 딸도 엄마 있는 애들처럼 긴 머리카락을 땋아주는 것인데 나는 아무리 해도 잘 안된다고 설명했다. 아주머니는 감동했는지 돈 안 받을 테니 그냥 보내라고 하셨지만 돈을 내야 나도 당당하게 아이를 보낼 수 있다고 해서 하루에 오백 원으로 합의했다.

이왕이면 9시부터 예쁘게 머리를 묶어 학교에 보내고 싶지만 그 시간에는 미장원이 문을 열지 않는다. 그래서 우리 딸은 오후 1시면 오백 원으로는 살 수 없는 미장원 아주머니의 사랑을 받아 세상에서 가장 아름다운 꽃처럼 그 향기를 뿜낸다. 머리를 묶는 몇 분 동안은 딸아이가 엄마의 섬세한 사랑을 받고 있다고 생각한다.

'사랑한다, 명주야. 네 영혼까지. 만약 네가 없었다면 아빠가 이렇게 열심히 행복으로 가는 삶을 만들어낼 수 있었을까. 오늘 따라 방 안 구석구석 붙어 있는 차압딱지도 아름답게 보인다. 저 딱지로 인해 널 잠시 고아원에 맡길까 하는 생각까지 했는데…. 한때는 빚 때문에 자살까지 생각했는데…. 네가 없었으면 지금의 내가 존재했을까.' 딸이 아빠를 키우고 있다.

불은 과연 어디 있을까?

전우식 님 / 경북 경주시 금장리

올해 초등학교에 입학한 막내가 집에 들어섰다. 교회 모임에 잘 갔다 왔냐고 묻자 두 눈을 크게 뜨면서 대단한 것을 발견한 듯 이야기했다.

초등학생 12명이 인근 야산으로 산행을 갔단다. 그런데 막내가 산등성이에 '산불조심' 표지판과 함께 만들어 놓은 출입금지 울타리를 보고는 호기심이 발동해서 울타리를 뛰어넘었단다. 마치 고양이가 쥐를 잡듯 주위를 두리번거리면서 한 걸음, 두 걸음 조심조심… 열 걸음을 가도 아무것도 없어 실망하던 차에 선생님과 아이들이 얼른 나오라고 소리쳐서 울타리 밖으로 나왔다고 했다.

그런데 막내가 뜬금없이 "거짓말 했어요"라는 게 아닌가. '개조심'은 개가 있으니 조심하라는 뜻이고, '물조심'은 물이 깊으니 조심하라는 말인데 '불조심'이라 해놓고 불이 없으니 거짓말이란다. 하하! 생각해보니 맞는 말 같기도 하다.

산에 불이 숨어 있을 거라고 생각하고 살금살금 걸어갔는데 산에 불이 없어서 황당한 표정을 지었을 막내를 생각하니 웃음이 절로 난다.

동생이 책을 읽는 이유

이은주 님 / 경북 경주시 충효동

얼마 전 동생에게 선배를 소개해주었습니다. 이야기를 하던 중 우연히 선배 휴대전화를 보게 되었어요. 액정 화면에 쿠바 혁명가인 체 게바라 사진이 있었지요.

"이젠 여자친구 사진 띄우고 다녀야죠!" 하고 말하니, 선배는 "내가 가장 존경하는 분이야"라고 말하더군요. 그때 여동생도 휴대전화를 보고 누구냐고 묻기에 "체 게바라" 하고 대답했죠. 좀 있으니 또 누구냐고 묻는 거예요. 선배와 나는 또다시 "체 게바라" 하고 알려줬죠. 소주 한 잔에 벌써 취했을 리는 없을 텐데, 생각하면서요. 그런데 동생이 토라져서 갑자기 화를 내는 거예요.

"언니는 그 사람이 누군지 그냥 가르쳐 주면 될 것을 치사하게 책에서 보라고 그러냐? 내가 책 많이 안 읽는다고 무시하는 거야, 뭐야. 둘 다 그렇게 사람 무시하지마!" 무슨 말이냐고 물으니 동생이 "책에서 보라며~" 하는 게 아니겠어요. 푸하하하.

'체 게바라' 대답이 동생에게는 '책에 봐라' 라고 들렸던 모양이에요. 체 게바라 덕분에 선배와 나는 아주 신나게 웃었고 동생은 요즘 아주 열심히 책을 읽고 있답니다.

엉뚱한 일에 배꼽을 잡으며 웃었던 이야기를 전해 주세요. (200자 원고지 4장 분량, '웃음이 있는 두 마당' 담당자 앞)

정기 구독 안내

「좋은생각」을 집에서 편하게 받아 보세요. 본인이 직접 구독하거나 가까운 분이나 필요한 분께 기증하실 수도 있습니다.

혜택 하나, 정기 구독 선물을 드립니다.

1년 정기 구독하면 수건, 다이어리, 명언집 《긍정의 한 줄, 월수금》 가운데 하나를 선택할 수 있습니다.
※ 본인 구독은 책과 선물을 본인이 받고 기증의 경우 기증받는 이에게 책과 선물이 갑니다.

혜택 둘, 1년 구독료는 1만 원 할인된 5만 원입니다. 2년 구독료는 2만 원이 할인된 10만 원, 3년 구독료는 3만 원 할인된 15만 원입니다.

전화 02-337-0332   팩스 02-333-0329   홈페이지 www.positive.co.kr
※ 전화 통화가 어려운 좋은님은 010-3431-3992로 문자 메시지를 보내 주시면 평일 업무 시간(오전 9시~오후 6시)에 연락 드리겠습니다.

정기 구독료	1년(12개월)에 5만 원.
결제 방법	신용 카드, 온라인 가상 계좌 이체. 「좋은생각」 가상 계좌 번호를 사용합니다. 가상 계좌 번호는 구독 신청 시 부여합니다.
책 도착 기간	첫 달 치(당월 호) 책은 입금 확인 후 선물과 함께 택배로 보내 드립니다. 둘째 달부터는 일반 우편으로 매월 25일 전에 도착합니다. 해외 구독은 나라마다 조금씩 다릅니다(일반 항공 우편).
재발송	매월 25일까지 책이 도착하지 않으면 연락 주세요. 다시 보내 드리겠습니다.
주소 변경	매월 말일까지 주소를 변경하면 다음 월 호부터 새 주소로 책을 보내 드립니다. ※ 파본은 정기 구독 여부나 구입한 서점과 상관없이 「좋은생각」이 있는 모든 서점에서 교환할 수 있습니다.
안내 전화	매달 정기 구독 팀에서 좋은님께 구독 만료 안내 전화를 드립니다. 그런데 스팸 전화로 오해해 통화가 어렵습니다. (02)337-0332는 「좋은생각」에서 드리는 전화이니 꼭 받아 주세요!
해외 정기 구독	나라마다 우편료가 다르니 자세한 내용은 문자 메시지나 전화로 문의주시면 고맙겠습니다. ※ 해외 정기 구독은 2년까지만 받습니다.

담당자 love425@positive.co.kr (02)337-0332

보낼 곳	1년 구독료	우편료	합계
일본, 대만, 중국, 홍콩, 마카오 등	50,000원	1,880×12 = 22,560원	72,560원
인도네시아, 필리핀, 싱가포르, 태국, 베트남 등	50,000원	1,930×12 = 23,160원	73,160원
캐나다, 미국, 유럽, 호주, 중동, 뉴질랜드 등	50,000원	2,470×12 = 29,640원	79,640원
중남미 지역, 아프리카 등	50,000원	3,400×12 = 40,800원	90,800원

좋은 생각에서 좋은 행동까지

몇 년 동안 「좋은생각」을 정기구독하다보니 어느새 책꽂이에 좋은생각이 한가득 꽂혀 있습니다. 모두 배달되기가 무섭게 꼼꼼히 읽은 것들이었죠. 하루는 이렇게 꽂아두느니 많은 사람들과 좋은생각을 나누고 싶다는 생각이 들었습니다. 고민 끝에 좋은생각을 모두 끄집어내어 수건으로 겉표지를 깨끗이 닦았어요. 그런 뒤 '아름다운 가게'로 가져가서 모두 기증했지요. 제가 기증한 좋은생각이 지치고 힘든 누군가에게 좋은 친구가 되어주었으면 좋겠습니다.　성정미 님 / 서울 도봉구 방학동

나의 애물단지

새벽잠이 없는 나는 그날도 일찍 일어나 「좋은생각」을 읽고 있었습니다. 그런데 그날 따라 초등학생인 막내아들이 부스스 일어나 "아빠, 밥 좀 차려주세요" 하는 겁니다. 나는 못 들은 척하며 계속 책을 읽었어요. 밥 달라는 막내의 목소리가 높아졌고, 결국 아내가 어쩜 자식 사랑이 털끝만치도 없냐며 투덜거렸죠. 사실 나는 밥을 챙겨주려고 했어요. 그런데 하필 읽고 있는 대목이 나를 감동시키고 있던 터라, 요것만 읽고 일어서야지 한 게 화근이 된 겁니다. 새벽부터 핀잔은 들었지만 그래도 좋은생각을 미워할 수는 없습니다. 사람을 감동시키는 게 어디 그리 흔한가요? 좋은생각은 우리를 눈물짓게 해주는 감동의 전령사 아닙니까. 결코 미워할래야 미워할 수 없는 애물단지인 거죠.
김춘식 님 / 경기도 안산시 부곡동

마냥 좋기만 한 아이들

이맘때 아니면 언제 마음껏 해보겠는가? 손가락을 코에 넣고 장난치는 개구쟁이들. 하지 말라고 할수록 더 깊이 집어넣기에 자칫 피 볼까 두려워 그냥 놔두고는 한 컷!
정수정 님 / 경기도 수원시 영통동

똑같아요

집에 놀러온 조카아이와 남편이 함께 텔레비전을 보고 있는 모습입니다. 어쩜 저렇게 똑같은 자세를 취하고 있는지…. 이제 막 백일이 지난 우리 딸아이도 머지않아 아빠랑 저러고 있겠죠?
김정태 님 / 대구시 북구 동천동

좋은님의 사진과 사연을 우편이나 홈페이지 원고응모란을 통해 보내주세요. 귀한 사진은 돌려드립니다.

아름다운 사람들의 밝은 이야기

좋은생각

좋은생각 2006년 6월호 복원본

초판 1쇄 인쇄 2025년 5월 1일
초판 1쇄 발행 2025년 5월 8일

지은이 좋은생각 편집부
펴낸이 정용철

콘텐츠연구소장 정다정
편집실장 이민애
단행본 편집 박혜빈, 강시현
월간지 편집 김혜원, 김지호, 김지민, 함은재
디자인 김현주, 최은경

영업 · 마케팅 이성수, 권지은, 정황규, 어은진
경영지원 김상길, 김나현

펴낸곳 (주)좋은생각사람들
주소 서울시 마포구 월드컵북로22 영준빌딩 2층
이메일 book@positive.co.kr
홈페이지 www.positive.co.kr
출판등록 2004년 8월 4일 제2004-000184호

ISBN 979-11-93300-43-5 (03810)
   979-11-93300-44-2 (세트)

- -

2006년 편집실에서

♥ 어느 좋은님이 남자 친구 집에 처음으로 인사를 가게 된 날, 어떤 선물을 할까 고민하다가 「좋은생각」을 사 들고 갔답니다. 부모님이 모두 좋아했대요. 「좋은생각」이 세대를 넘나드는 가교 역할을 하는 것 같아서 무척 기뻤습니다. 저희들 또한 좋은님과 좋은님을 연결하는 튼튼한 다리가 될게요. (한윤정)

♥ 이달은 잡지 마감일과 5월 특집 '감사의 앙말 보내기' 행사의 마무리 작업이 겹쳐 신경을 바짝 곤두세워야 했지요. 누군가에게 무엇을 선물한다는 것이 쉽지 않다는 것을 알았습니다. 하지만 「좋은생각」의 품에 잠시 머물렀던 편지들이 부모님께 도착해서 읽힌다고 생각하니 괜히 행복해졌습니다. (최기영)

♥ 어느 좋은님께서 전화를 주셨습니다. "제가 지금 병원에 입원해 있거든요. 이곳에서 「좋은생각」을 읽고… 혹혹… 너무나 감동을 받고 용기를 얻게 돼 이렇게 전화했습니다. 고맙습니다." 진심이 담긴 눈물의 전화 한 통이었습니다. 용기 내어 자신의 사연을 고백한 좋은님과 그러한 사연을 읽고 용기를 얻은 좋은님의 모습에 가슴이 뭉클했습니다. (지민주)

2025년 편집실에서

♥ 2006년, 잡지사 기자를 꿈꾸며 「좋은생각」을 읽던 대학생이 20년 뒤 그 잡지를 만들 거라고 누가 예상이나 했을까요? 이제 다시 20년 뒤를 향한 새 꿈을 그려야겠습니다. 여러분의 꿈은 무엇인가요? (이민애)

♥ 꽃밭에는 여전히 꽃이 자라고 있을까요? '네!' 하고 속으로 크게 답해 봅니다. 그동안 좋은님의 이야기가 계속 피어났기 때문이죠. 눈물과 웃음으로 간 땅에 움튼 싹이 누군가의 꿈이 되어 피어났을지도 몰라요. (김혜원)

♥ 19년 전의 좋은님이 있었기에 지금의 「좋은생각」이 있습니다. 그때의 우리가, 지금의 우리에게 도착해 어느 초여름 한 페이지를 함께 펼쳐보고 있습니다. (김지민)

♥ 오늘날 종이로 된 책을 만든다는 건 어떤 낭만일까요? 그 큰 낭만을 좋은님과 나누고 또 나누어도 줄지 않아 신기합니다. 한 권의 책, 한 편의 글이 누군가에게 따스한 위로와 기쁨이 되기를 바라며 오늘도 문장을 엮습니다. (박혜빈)

♥ 제가 교실에서 만화가를 꿈꾸는 동안 애순이는 자신의 꿈을 이뤘네요. 20여 년이 지난 오늘도 「좋은생각」은 같은 자리에서 좋은님의 꿈을 응원하고 있습니다. (김지호)

♥ 표지 속 노란 꽃은 달아랍니다. 그간 시들지 않고 자리를 지켜 주었네요. 책에 새긴 마음은 좀처럼 지지 않는 모양입니다. 좋은님의 이야기가 모여 「좋은생각」은 한 아름 꽃다발이 되었습니다. (강시현)

♥ 10년이면 강산도 변한다고 했던가요? 세월이 흘러도 좋은님의 이야기는 빛바램 없이 「좋은생각」을 지키고 있습니다. (함은재)

보내는 사람 :
....

주소 :
....

전화번호 :
....

□□□□□

월간 **좋은생각**

서울시 서대문우체국 사서함 100호

0 3 7 2 7

정직하려면 용기가 필요해요!

2025 좋은생각 캠페인

풀 칠 하 는 곳

✦ 본문을 읽으며 가장 좋았던 글은?

✦ 다시 부활했으면 하는 코너는?

✦ 하고 싶은 한마디를 들려주세요.

✍ 접 는 선

✦ 「좋은생각」 속 애순이의 시를 찾아보셨나요? 좋은님의 창작시를 아래 빈칸에 자유롭게 적어 보내주세요. 추첨을 통해 좋은님 10분에게 「좋은생각」 1년 정기 구독권을 드립니다.